寫出優秀
描寫文

謝振強・主編

中華教育

目 錄

我是認識校長爺爺的。在不同的教育場景，都會見到他的蹤影，特別喜歡見到他的笑容，總是那麼慈祥可親。

　　這趟有機會為他的《校長爺爺教寫作系列》寫序，更是我的榮幸。校長爺爺接觸學生無數，觀察與洞悉學生寫作的優缺點，都有深厚的認識。這套系列正好是將校長爺爺的功力發揮得淋漓盡致，無論從「組織及寫作手法」的點評，「思路導航」的「表」文並茂，還有那些「升級貼士」及文末的「校長爺爺點評」，都是點中要「缺」，更加上「好詞好句補給站」，讓詞彙貧乏的學生得着很多有用的貼士，最後加上「小練筆」，讓學生們學以致用。

　　當我捧讀這套書時，更喜見那些「佳作共賞」的學生作品，內容充實且多元化，資料豐富，貼近生活。千萬別小看這些孩子的作品，我們從中也學到不少豐富的知識，如比薩斜塔的建築，獵豹的特性，至如何舒緩壓力，讀着他們簡潔扼要的說明時，也長了不少知識呢！深信這套系列的出版，可讓學生們提升對寫作的興趣與能力，也讓父母甚至師長，從茫無頭緒不知如何啟發孩子寫作的困境下，得着很多點子與亮光。作為一個愛好閱讀與寫作者，誠意推薦，並期待會見到更多愛上寫作的下一代啊！

羅乃萱
香港著名作家

意大利科學家伽利略稱文字為「人類精神史上最偉大的創造物」，而文字寫作既能夠把自己內心世界的思緒與人分享，也能超越地域及時代去將知識及人類的智慧傳達給他人。所以，我們自幼便需要學習以適當的描述來表達自己的想法、見解、感受及知識。

喜見我們的教育界前輩謝振強校長出版了《校長爺爺教寫作系列》，這除了幫助同學們之外，更為所有寫作人士提供了一個非常實用的教材。在系列中一套四冊，每冊有三十篇文章，都是我們聖公會小學同學的習作。謝校長透過這些作文，首先讓我們了解每一篇文章的組織及寫作手法。在欣賞佳作之後，他又會分析每一位小作者的思路，之後加上他自己的點評，並着讀者留意文章中一些好詞好句；而最難得的就是他在每篇文章後，均找到與主題有關的名人精句深入淺出地加以介紹。故此，這一系列的讀物，都讓我們的寫作技巧加以提升。

事實上，透過這系列，謝校長更讓我們明白寫作的好處，例如，可提高記憶力和理解力、讓我們了解自己學習及消化到多少知識，而讓我們的思想得以發展。

謝校長除了是一位教育家，也是一位出色的領導者。我相信這和他在寫作方面的成就有關。按照美國飛機製造廠洛歇馬丁（Lockheed Martin）前總裁奧古斯丁（Norman R.Augustine）的分析，能從八萬名工程師和科學家中晉升為管理階層的，他們最突出的共同點，便是擁有以文字明確表達想法的寫作能力。

希望讀者們都能夠透過這一寫作系列，增強我們的寫作能力，以致我們日後都能更好地貢獻社會，造福人羣。

陳謳明
香港聖公會教省主教長

自從擔任聖公宗（香港）小學監理委員會執行委員起，就開始與謝振強校長（謝總）有着極緊密的聯繫。一向深知他的語文造詣高超，往往能夠出口成文，並多次在不同的重要典禮上，擔任主禮嘉賓妙語如珠，令在場與會者和嘉賓們會心微笑，甚至捧腹大笑。

是次謝總再次以校長爺爺的身份，出版教導寫作的著作，相信定必會造福每一位讀者。這套著作既有語文知識的傳遞，也在「升級貼士」及「校長爺爺點評」中，給予價值觀的導引，是全人教育的優質教材示範。

謝總個人的豐富教學及管理經驗，讓他對不同範疇的主題，均有獨當一面的見解，同時也能補充小作家們在該主題上未涉及到的範圍和想法。快速讀完這套著作後，筆者相信這四冊短短的篇章，已經是一套相當全面的通識教學材料。

除了是受人敬重的校長外，謝總又是一位充滿愛心的爺爺，對於與孫兒相同年齡層的學生有深厚的了解和認知，故此，能夠設身處地從孫兒和學生的角度，去看世界、觀人生。這相信也能夠為不同年代的讀者，包括學生、教師和家長，帶來不同的學習和反思。

對希望改善寫作技巧的同學們，謝總這套新作是重量級的參考工具，在此大力推介。

如前所述，謝總是位幽默風趣的退休校長，不知甚麼時候，能夠拜讀他編撰的「校長冷笑話」系列呢？筆者熱切期待！

陳國強
聖公宗（香港）小學監理委員會主席
聖約翰座堂主任牧師

榮幸能為校長爺爺的新書《校長爺爺教寫作系列》寫序，更賞心的是，這是一本散發着墨香的文集，滿載了許多孩子的童真、童善、童美，樸實可愛；這也是一本學習寫作的實用書，記錄了校長爺爺和編輯的分析、點評、建議，極其寶貴。

翻閱這套文集，我被書中內容深深吸引，一種教育工作者欣慰的喜悅湧上心頭，更彷彿回到天真爛漫的童年。孩子的童年是多采多姿的，就像書中「筆的家族」及「陸路交通特工隊」；孩子的童年是創意無限的，就像書中「智能書包」及「我設計的玩具」；孩子的童年是喜愛探索大自然的，就像書中「有趣的中華白海豚」及「大自然的警示」。從「活得健康」及「運動的好處」中，我看到了孩子對健康生活的追求；從「做個誠實人」及「薪金和興趣」中，我看到了孩子對生命價值的尋索；從「開卷有益」、「求學不是求分數」及「學校應否取消所有考試」中，我看到了孩子對學問的渴求及對事理的觀察分析。也許他們的用詞還很稚嫩，文筆還欠暢順，認識還未夠深刻，但他們已經學會了用自己獨特的視角觀察世界，用自己的真情實感去表達對生命和生活的認識及思考。

這套文集還有一個鮮明的特點，就是載錄了校長爺爺給每篇作品的分享，將他從事教育工作超過半個世紀所累積的經驗及圓融智慧，向讀者們傾囊相授。當中有解構文章組織、寫作手法及思路的分析點評，有提升文章內涵的「升級貼士」，更有鼓勵讀者動筆寫作的「小練筆」，讓讀者在享受閱讀樂趣之餘，還可從中掌握到寫作的竅門，感受到寫作也可以是件輕鬆的樂事。

相信這套文集是一塊引玉的磚，是一塊他山之石，能吸引更多孩子拿起筆桿，創作出優秀的文章，翱翔豐富多彩的寫作天地。

鄧志鵬

聖公會青衣主恩小學校長

聖公會小學校長會主席

　　早於八、九十年代入行初期，已從當時聖公會聖雅各小學時任校長張浩然總校長口中聽過謝振強校長的名字；惟直至二十年前加入聖公會校長行列才真正認識謝校長。還記得他曾任聖公會小學校長會主席，榮休後擔任辦學團體總幹事，從此我們便尊稱他為「謝總」！

　　謝總不但縱橫教育界逾半個世紀，多年來擔當着聖公會小學校長團隊領航員的角色，一直不遺餘力地扶持及指導後輩同工。認識他的朋友一定敬佩他時刻都中氣十足、聲如洪鐘、目光如炬、威而不惡……還有他記憶力驚人，且有過目不忘的本領，任何文字錯漏都難逃他的法眼！而他也不吝嗇時間精神，不厭其煩地提點我們，作為後輩校長實在感恩有此好前輩、好師傅！

　　當上爺爺後的謝總在威嚴的臉龐上經常加添了慈祥的笑容！「家有一老，如有一寶」，謝總不單是他家庭內的寶貝爺爺，也是聖公會小學這個大家族裏的瑰寶！難得校長爺爺願意繼續在教育路上發光發熱，我深信憑着謝總爐火純青的功力，《校長爺爺教寫作系列》一定能夠成為小朋友寫作路上的明燈！

張勇邦

聖公會聖雅各小學校長
香港資助小學校長會名譽主席

第一次聽到「謝總」這稱呼，我即肅然起敬，因為這稱謂令我聯想起企業總裁甚至國家領袖。謝總曾貴為敝宗小學監理委員會的總幹事達十六年之久，支援聖公會五十所小學，指導新晉校長適應新的崗位，位份舉足輕重。

謝總是一位校長，也是一塊大磁石。他一雙凌厲的眼神、一臉嚴肅的面容，令權威二字躍然於額上，但這卻沒嚇怕他的學生和同事，因為只要他稍一轉臉，唇角向上一翹，便展現了慈祥可親的笑容，學生總喜歡簇擁着他，像被磁力吸引一樣。

謝總是一本活字典，也是一本歷史書。任何場合邀請他分享兩句，只見他深深吸一口氣，便找到一個有趣的切入點，將事情的來龍去脈娓娓道出，時而提問，時而反問，十五分鐘內他不用換氣，不能不拜服謝總的博學多才，過目不忘的記憶力。

今喜見《校長爺爺教寫作系列》面世，讓一眾莘莘學子可以從謝總的博學中學習，打穩根基，寫好文章。於我，唯一美中不足的是，這叢書晚了三十多年才出版，害筆者中小學每次作文時，也寫得天花亂墜，東拉西扯，硬湊字數交卷。

祝願謝總退而不休，以不同形式繼續造福學界。

後記：我建議謝總下次可出版《爺爺教寫序》！

何錦添
聖公會聖多馬堂主任牧師

感謝上主的安排，讓我有幸成為聖公會置富始南小學校長，能與校長爺爺——謝振強校長合作，跟他學習，獲益良多。

記得我還未上任，喜獲謝總送贈《校長爺爺：「拼」出教育路》一書。粗略一覽，讀出謝總的過去，一步一個腳印，以生命拼出教育路。教育工作任重道遠，亦是一個終身承諾，從謝總對教育委身，獲得啟導，生命與教育合一無間。

早前得悉謝總的《校長爺爺教寫作系列》將會出版，整理聖公會屬校小作家的佳作，讓小讀者們可以共賞：賞析文章的組織及結構，有助寫出提綱；賞析文章的寫作手法，掌握更靈活的修辭方法和更豐富的表達；賞析文章的寫作思路，幫助形成構思方向。

謝總熱心教導，期望小讀者學有所成，精心點評加以點撥，從某一點怎樣修改；或指出文章的閃亮點，從而增強小作者的自信和動力；學生把這些教導及好句記在腦裏，作為以後寫作的指導，又能達到知識的遷移，希望在下一次寫作中獲得成功。

心作良田耕不盡，善為至寶用無窮。此書不單讓小讀者得益，作者收益將撥歸聖公會聖多馬堂，作教會慈善用途。謝總，謝謝你為教育工作的努力和付出。

黃智華

聖公會置富始南小學校長

1 動物中的「鐵甲忍者」

組織及寫作手法

開首（第 1 段）：記述初次碰見蝸牛的情景，指出牠有堅持不懈的毅力。

① 設置懸疑：作者在開首指對蝸牛記憶猶新，又指蝸牛有堅持不懈的毅力，令讀者產生懸疑，想知道牠為甚麼令作者留下深刻印象，又怎樣堅持不懈。以蝸牛「堅持不懈」這一性格特點，開展下文。

正文（第 2 段）：描寫蝸牛的外貌特徵和緩慢動作。

② 肖像描寫／行動描寫：描寫蝸牛的巨殼和緩慢的動作，為下文表現牠堅持不懈的性格作鋪墊；描寫蝸牛的眼睛，表現牠對外界充滿好奇心。

正文（第 3 段）：記述一羣小孩圍着蝸牛討論令牠受驚躲進螺殼，其後繼續勇往直前。

佳作共賞

在一次滂沱大雨後，我和姐姐到家附近的公園玩耍。① 那是我初次碰見動物中的「鐵甲忍者」——蝸牛，至今仍記憶猶新。跟鐵甲奇俠一樣，牠擁有一副堅固的盔甲，但不同的是，牠沒有敏捷的身手，也沒有威武的外表。但牠卻跟忍者一樣，有着天然的保護色和堅持不懈的毅力。

出於好奇，我和姐姐俯身細心觀察這隻鐵甲忍者的一舉一動。② 牠馱負着一個沉甸甸的巨殼，緩緩地爬上一道高牆，濕漉漉的身體緊貼着牆身，留下一道清晰的「足跡」。我仔細端詳，發現牠腦袋上有四根觸角，長的那兩根末端還有烏黑的眼睛，不停在探索外界的訊息。

其他小孩見我們聚精會神地在觀看，也一個接一個的跑過來圍觀，七嘴八舌地討論起來。有的憂心忡忡，生怕牠會一不留神掉下來；有的歡喜雀躍，不停地為牠鼓舞打氣；有的卻冷言嘲笑，笑牠心有餘而力不足。由於聲音嘈雜，這隻蝸牛像

是受了驚似的，把整個身體縮了入螺殼裏，抵禦外來干擾。小孩們見蝸牛不再蠕動，便漸漸失去興趣，並逐一離去。過了良久，蝸牛發覺旁邊沒有甚麼動靜，便慢慢地伸出小腦袋，再次默默地往上爬。牠絲毫沒有被剛才不利的環境嚇倒，爬上牆頂的決心沒有一點動搖，繼續勇往直前。

　　我目睹整個過程，不禁聯想起英勇的鐵甲奇俠，不畏艱辛；也想起富修養的忍者，不倚靠華麗的外表，只是默默地向目標進發。牠真是我們的好榜樣啊！轉瞬間，③夕陽西下，蝸牛已抵達牆頂，我們不禁為牠自豪。

 升級貼士

第3段記述三類小孩對蝸牛的討論頗具啟發性，蝸牛好比一個追尋理想的人，過程中或會聽到旁人的鼓勵與讚譽，或會聽到批評與嘲諷，無論如何，一旦下定決心便勇往直前。同學如能「以小見大」，通過生活小事，引申出發人深省的主題，可令文章更上一層樓。

總結（第4段）：由蝸牛聯想到鐵甲奇俠和忍者，帶出要學習他們不畏艱辛和默默耕耘的態度，並抒發對蝸牛的讚美。

③ 環境襯托：描寫夕陽西下，襯托蝸牛耗費時間和力氣爬上牆頂的堅強意志，能更強烈地表達主題，並增添藝術和抒情效果。

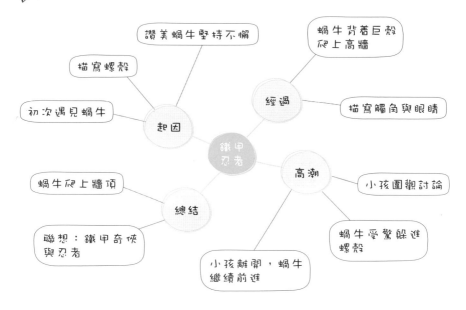

起因
- 初次遇見蝸牛
- 描寫螺殼
- 讚美蝸牛堅持不懈

經過
- 蝸牛背着巨殼爬上高牆
- 描寫觸角與眼睛

鐵甲忍者

高潮
- 小孩圍觀討論
- 蝸牛受驚躲進螺殼
- 小孩離開，蝸牛繼續前進

總結
- 蝸牛爬上牆頂
- 聯想：鐵甲奇俠與忍者

校長爺爺點評

　　作者描寫蝸牛很有層次，他先描寫蝸牛的形態、動作，然後寫小孩圍觀討論，蝸牛受驚躲進殼內，再繼續前進，最後聯想鐵甲奇俠與忍者，以蝸牛抵達牆頂，為牠感到自豪作結。

　　作者很細心觀察蝸牛，我們也要多觀察日常生活中的事物，以擴闊寫作的範圍，這樣才不愁沒有題材。

好詞補給站

俯身	馱負	目睹	濕漉漉	轉瞬間
滂沱大雨	記憶猶新	堅持不懈	一舉一動	仔細端詳
聚精會神	七嘴八舌	憂心忡忡	一不留神	冷言嘲笑

好句補給站

關於蝸牛的句子

* 牠馱負着一個沉甸甸的巨殼，緩緩地爬上一道高牆，濕漉漉的身體緊貼着牆身，留下一道清晰的「足跡」。

* 牠腦袋上有四根觸角，長的那兩根末端還有烏黑的眼睛，不停在探索外界的訊息。

* 牠絲毫沒有被剛才不利的環境嚇倒，爬上牆頂的決心沒有一點動搖，繼續勇往直前。

小練筆

作者用「鐵甲忍者」比喻蝸牛，你會用甚麼比喻牠？兩者有甚麼相似的地方？試寫一段短文介紹蝸牛。

蝸牛就像「＿＿＿＿＿＿＿＿＿＿＿＿」，

牠 ＿＿＿＿＿＿＿＿＿＿＿＿＿＿＿＿＿

＿＿＿＿＿＿＿＿＿＿＿＿＿＿＿＿＿＿

＿＿＿＿＿＿＿＿＿＿＿＿＿＿＿＿＿＿

＿＿＿＿＿＿＿＿＿＿＿＿＿＿＿＿＿＿

寫作提示

我們可以運用比喻來擴展文章內容，例如提出喻體後，可以結合事物的特點，說明本體和喻體相似的地方。

2　我最害怕的動物 — 壁虎

組織及寫作手法

開首（第1段）：利用一問一答的方式引入主題，指出最害怕的動物是壁虎。

正文（第2段）：描述壁虎的屬性和外貌特徵。

① 埋下伏筆：第2段強調壁虎有一條令人毛骨悚然及「打不死」的尾巴，為下文寫壁虎尾巴被夾斷的情節作鋪墊。有了前文的鋪墊，後文的高潮部分會更緊密相連和突出。

正文（第3段）：描述壁虎的主要食物和性格特點。

正文（第4段）：記述「我」和媽媽在家中逃避壁虎，被牠嚇得尖叫逃跑的經過。

② 起承轉合：第4段記述作者和媽媽發現壁虎的驚嚇過程，條理清晰，描寫細緻。作者先渲染寧靜的環境，再以媽媽的尖叫聲劃破輕鬆氛圍，轉入記述母女面對壁虎時的驚心動魄情景，把文章

佳作共賞

　　我最害怕的動物是甚麼？蒼蠅、蚊子、螞蟻、蟑螂、老鼠⋯⋯這些全部不是，我最害怕的動物是「蚊子殺手」——壁虎。

　　壁虎是其中一種家居常見的小動物，屬於蜥蜴類。我們常見的壁虎大多數是褐色的，四肢短及有爪子。牠的頭部呈三角形，擁有一雙黑得發亮的眼睛，① 最特別的是牠有一條令人毛骨悚然及「打不死」的尾巴。

　　壁虎是夜行性動物，主要以蚊子為食物。牠性格機警及身手敏捷，每當稍有動靜，就會像火箭般瞬間消失。

　　② 在一個寧靜的晚上，我優哉游哉地躺在沙發上看圖書。突然，媽媽在廚房內尖叫了一聲，③ 我嚇了一跳，立刻跑到廚房。我看見媽媽目瞪口呆，她指着櫃門旁

寫物　動物寫真

說：「有壁虎啊！」④ 我頓時感到很好奇，因為我從來沒有看過壁虎，於是我膽粗氣壯地走近櫃門。我看見一隻像鱷魚的動物，牠的眼睛就像瞪着我似的，我被牠奇特的外貌嚇到頭皮發麻。③ 我立刻把門大力關上，但更恐怖的事情發生了！壁虎的尾巴被櫃門夾斷了！牠的上半身飛快地逃跑，剩下尾巴在地上彈跳，③ 我被嚇得跳到媽媽身上。最後，我和媽媽逃離現場，待爸爸回來才清理「案發現場」。

　　這是我第一次接觸壁虎，真被牠其貌不揚的樣子嚇到。然而，④ 我心中有點兒內疚，因為這是我第一次傷害了小動物。其後，我在互聯網上搜集了有關壁虎的資料，才知道壁虎的尾巴斷了後可以重新生長出來。壁虎真是一種奇特的動物。我希望那隻被我弄傷的壁虎可以早日康復，但也請牠不要在我家中出現。

推至高潮，最後以爸爸收拾「案發現場」作結。作者把事件的「起承轉合」濃縮在一個段落，情節跌宕起伏，環環相扣，引人入勝。

③ 行動描寫：描寫作者看見壁虎後逃跑、大力關門、跳到媽媽身上，表現對壁虎的驚懼。

④ 心理描寫：描寫作者對壁虎由好奇，到膽粗氣壯去探索，繼而嚇得頭皮發麻，最後感到內疚，層次分明地寫出內心感受，渲染緊張氣氛。

 升級貼士

這裏是最嚇人的時刻，可加強描寫驚嚇的反應，如：我被嚇破了膽，大叫大喊着跳到媽媽身上。

總結（第 5 段）：抒發對受傷壁虎既害怕又內疚的心情，並祝願牠早日康復。

思路導航

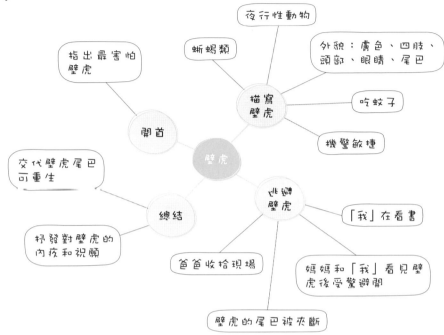

- 夜行性動物
- 蜥蜴類
- 外貌：膚色、四肢、頭部、眼睛、尾巴
- 吃蚊子
- 機警敏捷
- 指出最害怕壁虎
- 開首
- 描寫壁虎
- 壁虎
- 逃避壁虎
- 「我」在看書
- 交代壁虎尾巴可重生
- 總結
- 抒發對壁虎的內疚和祝願
- 爸爸收拾現場
- 媽媽和「我」看見壁虎後受驚避開
- 壁虎的尾巴被夾斷

校長爺爺點評

　　描寫動物，一般先整體描寫動物的外形，然後局部描寫牠的特點，為引人入勝，最後描寫最特別的部分，以加深讀者興趣和印象。

　　寫描寫文時，也要適當地用上形容詞，令描寫更生動、更美麗、更貼切。

好詞補給站

機警	瞪着	飛快地	黑得發亮	毛骨悚然
身手敏捷	稍有動靜	瞬間消失	優哉游哉	嚇了一跳
目瞪口呆	膽粗氣壯	頭皮發麻	逃離現場	其貌不揚

 好句補給站

關於驚嚇害怕的句子

· 突然，媽媽在廚房內尖叫了一聲，我嚇了一跳，立刻跑到廚房。

· 我看見一隻像鱷魚的動物，牠的眼睛就像瞪着我似的，我被牠奇特的外貌嚇到頭皮發麻。

 小練筆

描寫動物的外形特徵時，可以先整體描寫，再局部描寫，最後特寫。試根據「寫作提示」描寫一種小動物的外形特徵。

寫作提示

整體描寫：＿＿＿＿＿＿＿＿是一種＿＿＿＿＿＿＿＿的動物。

局部描寫：牠＿＿＿＿＿＿＿

＿＿＿＿＿＿＿＿＿＿＿＿＿＿＿

＿＿＿＿＿＿＿＿＿＿＿＿＿＿＿

特寫：最特別的是＿＿＿＿＿

＿＿＿＿＿＿＿＿＿＿＿＿＿＿＿

＿＿＿＿＿＿＿＿＿＿＿＿＿＿＿

先整體描寫動物的外形，用一個形容詞概括，如可愛的、龐大的、威武的。

再局部描寫部分特點，如頭、五官、身體、尾巴等。

最後特寫最特別的部分。

3 我的貓兒

組織及寫作手法

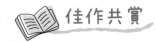
佳作共賞

開首（第1段）：介紹波子的性格、名字和飼養原因。

正文（第2段）：描寫波子的身體特徵，表現牠樣子可愛。

正文（第3段）：通過描寫波子跳上衣櫃的動作，表現牠擅長跳躍。

① 行動描寫：描寫波子跳上衣櫃的一連串動作，用詞精準傳神，描寫次序有條不紊，如行雲流水，一氣呵成。

正文（第4段）：描寫波子捉蟑螂的過程，表現牠擅捕的特點。

② 行動描寫：運用動詞「趴在」、「盯着」、「飛撲」、「抓緊」描寫波子捕捉蟑螂的動作，除了傳神地刻畫牠的動作，亦表現牠專注和靈敏的特點。

　　我家養了一隻淘氣貓兒，叫做波子，牠是八歲時表叔送給我的禮物。

　　波子胖乎乎的，身上長滿蓬鬆而有光澤的白毛髮，夾雜着幾道棕色的斑紋，抱在手裏就像一個糰子。牠雙眼就像藍寶石一樣清透，有倒三角形的鼻子，頭上那雙耳朵靈動地豎起，顯得格外可愛。

　　波子最擅長跳躍。① 牠在地板上前腿屈曲，後腿一蹬，身體在空中拉直，便飛到梳妝台上。隨即轉而躍向書櫃，再一蹦便到達最高的衣櫃上，輕而易舉完成優美動作。偶爾失敗了，身子就掛在衣櫃邊一蕩一蕩的，令人忍俊不禁。

　　波子還是捉蟑螂的高手。② 牠每天深夜就趴在軟綿綿的沙發上，用發着亮光的大眼睛緊緊盯着四周。牠採取「敵不動，我不動，敵一動，我先動」的策略捕捉蟑螂。一旦發現蟑螂的蹤影，就像火箭一樣飛撲過去，用爪子抓緊蟑螂，百發百中，厲害極了！

波子似乎懂得觀察我的心情，很有<u>靈性</u>。在我傷心時，牠會在我身邊轉圈兒，表示安慰；當我開心時，牠會雀躍地搖動長尾巴跟着我走，更會主動跟我玩跳繩。

　　<u>波子</u>也有<u>調皮搗蛋</u>的時候。有時牠把家裏的物件打破，被我發現後，③便立刻垂下眼瞼，擺出一副<u>可憐兮兮</u>的模樣，不然就偷偷跑進我的房間，躲進被窩裏去。

　　◎可無論<u>波子</u>再怎麼頑皮，牠都是我的好朋友。

正文（第5段）：記述<u>波子</u>陪伴「我」度過傷心和開心時刻，表現牠的靈性。

正文（第6段）：通過<u>波子</u>打破物件一事，表現牠調皮搗蛋的性格。

③肖像描寫／行動描寫：刻畫<u>波子</u>做錯事後，露出一臉無辜的樣子，還躲起來，描寫生動真切。

總結（第7段）：抒發視<u>波子</u>為好朋友的感情。

◎ 升級貼士

結尾有點草草收結，內容薄弱。前文詳細描寫<u>波子</u>的性格特點，結尾可強化對<u>波子</u>的感情，以深化主題，增加文章的感染力。

思路導航

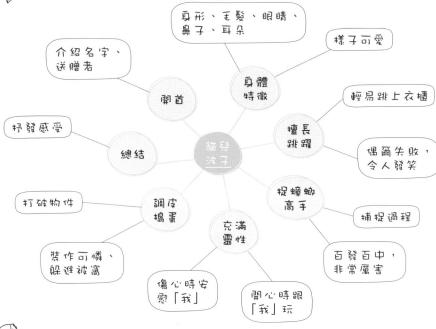

身形、毛髮、眼睛、鼻子、耳朵

樣子可愛

介紹名字、送贈者

身體特徵

輕易跳上衣櫃

開首

擅長跳躍

貓兒波子

偶爾失敗，令人發笑

抒發感受

總結

捉蟑螂高手

打破物件

調皮搗蛋

捕捉過程

充滿靈性

百發百中，非常厲害

裝作可憐、躲進被窩

傷心時安慰「我」

開心時跟「我」玩

校長爺爺點評

　　描寫動物，如果只寫牠的動態、外貌，那只是一篇枯燥無味的文章，所以我們要加入描寫動物的小動作、技能、生活模式，如果能加入和主人的感情、互動便更好了。以上種種，作者都做得到，可惜最後一段未見再進一步發揮，是美中不足的地方。

好詞補給站

蓬鬆	靈動	屈曲	一蹬	拉直
一蹦	偶爾	趴在	飛撲	靈性
忍俊不禁	緊緊盯着	百發百中	調皮搗蛋	可憐兮兮

 好句補給站

關於一連串動作的句子

牠在地板上前腿屈曲,後腿一蹬,身體在空中拉直,便飛到梳妝台上。隨即轉而躍向書櫃,再一蹦便到達最高的衣櫃上,輕而易舉完成優美動作。

一旦發現蟑螂的蹤影,就好像火箭一樣飛撲過去,用爪子抓緊蟑螂,百發百中,厲害極了!

 小練筆

試根據第 6 段,運用四個句子描寫波子打破物件後的一連串動作。

> 　　波子也有調皮搗蛋的時候。有時牠把家裏的物件打破,被我發現後,便瞄我看一下,　　　　　　　　　,
> 　　　　　　　　　　　　　　　　　　　,
> 　　　　　　　　　　　　　　　　　　　,
> 　　　　　　　　　　　　　　　　　　　,
> 躲進被窩裏去。

寫作提示

要描寫一連串動作,除了運用精準的動詞,動詞與動詞之間也不能相隔太遠,以產生明快的節奏,而且至少有兩個連續的動作。這種行動描寫的形式是「動詞＋人物／動物的某個身體部分」,例如:「屈曲前腿」、「身體在空中拉直」。

4 我最愛吃的水果

組織及寫作手法

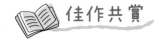 佳作共賞

開首（第1段）：直接指出最喜愛的水果是枇杷。

 升級貼士

第1段內容薄弱，未能吸引讀者，宜多花心思，寫出一個讓人眼前一亮的好開頭。例如：以自問自答的方式帶出主題，設置懸念製造想像和思考空間。

正文（第2段）：描寫枇杷的外形特點。

① 明喻／暗喻：以金蛋明喻枇杷青裏透黃和橢圓的外形；再以襯衫暗喻枇杷的外皮，突顯它光滑的特點，技巧運用靈活純熟。

正文（第3段）：描寫枇杷的香味、果肉和果汁味道。

② 感官描寫：先描寫枇杷的清香（嗅覺），再寫果肉的色澤光感（視覺），後寫果汁的酸甜味道（味覺）。同學把枇杷描繪得色香味俱全，細膩傳神之餘，亦看出描寫順序的巧妙安排。

　　　水果的種類非常多，我最愛吃的是枇杷。

　　你們品嚐過枇杷嗎？①成熟的枇杷青裏透黃，橢圓橢圓的，就像一個個金蛋。那黃澄澄的外皮就是它亮麗的襯衫，用手摸一摸，你會發現這件襯衫的布料非常光滑。

　　每次媽媽把枇杷買回來，我都忍不住湊過去聞一聞。②哇！一股淡淡的清香撲鼻而來。撕開果皮，鮮嫩的果肉就像一塊玲瓏剔透的琥珀，金光閃閃，讓人口水直流。我忍不住一口咬上去，那酸酸甜甜的汁液溢滿了我的嘴巴。真是吃在嘴裏，甜在心裏啊！

咬開後，③你會發現幾個棕褐色的小腦袋探了出來，④噢！那是枇杷的核，它們躲在果肉裏，③像極了幾個小矮人擠在一個屋子裏乖乖地睡覺，④真是可愛極了！吃完果肉，我常常拿它們玩「抓石子」的遊戲，④可有趣呢！

我愛枇杷，它不但美味可口、營養豐富，還免費附送一份玩具，大家快來和我一起嚐嚐吧！

正文（第 4 段）：描寫枇杷的核。

③ 擬人／比喻：先運用借喻，直接用「小腦袋」指代枇杷核，再用擬人指它探出頭來；接着以小矮人明喻枇杷核，以屋子暗喻枇杷，幾個比喻運用得貼切又生動，為文章增添不少趣味。

④ 感歎：第 4 段運用了三個感歎句，除了加強表達對枇杷的讚美之情，在句末用感歎作結，也有加強情感的作用。

總結（第 5 段）：讚美枇杷美味可口、營養豐富。

思路導航

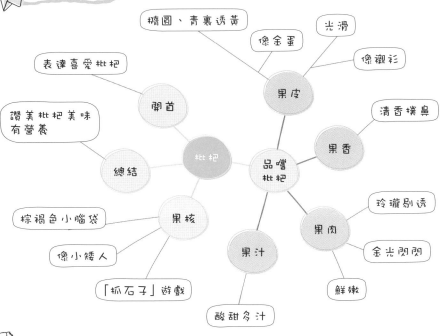

- 果皮
  - 橢圓、青裏透黃
  - 像金蛋
  - 光滑
  - 像襯衫
- 品嚐批杷
  - 果香
    - 清香撲鼻
  - 果肉
    - 玲瓏剔透
    - 金光閃閃
    - 鮮嫩
  - 果汁
    - 酸甜多汁
- 果核
  - 棕褐色小腦袋
  - 像小矮人
  - 「抓石子」遊戲
- 開首
  - 表達喜愛批杷
- 總結
  - 讚美批杷美味有營養
- 批杷

校長爺爺點評

　　作者僅二年級便能寫出一篇好文章，要繼續努力，多閱讀課外書，以豐富自己的寫作能力，進步可期。

　　作者描寫水果的方法值得參考，她運用從外到內的方法，先描寫水果的外形、顏色等後，再寫剝開果皮的樣子，一層層地展開描述。另外還用了感官順序，先寫眼睛看到的模樣，再寫手摸到的觸感，接着寫嗅到的香味，然後寫用口嚐到的味道，最後寫心裏的感受。

好詞補給站

亮麗	光滑	撕開	鮮嫩	溢滿
擠在	黃澄澄	湊過去	橢圓橢圓	撲鼻而來
玲瓏剔透	金光閃閃	口水直流	酸酸甜甜	美味可口

 好句補給站

關於水果的句子

* 撕開果皮，鮮嫩的果肉就像一塊玲瓏剔透的琥珀，金光閃閃，讓人口水直流。

* 我忍不住一口咬上去，那酸酸甜甜的汁液溢滿了我的嘴巴。

* 真是吃在嘴裏，甜在心裏啊！

 小練筆

試根據括號內的指引，運用「五感」描寫一道美味的鐵板牛排。

牛排端上來了！把香蒜汁倒進燙熱的鐵板上，（聽覺）

，（視覺）

，（嗅覺）

，令人垂涎三尺。（觸覺）

，放到嘴巴裏慢慢地咀嚼，（味覺）

，真是人間美食！

寫作提示

要描寫一道色香味俱全的食物，我們可以運用五感，即視覺（食物的顏色、外觀）、味覺（甜酸等味道）、嗅覺（聞到的香味）、觸覺（皮膚的感覺，如冷熱、軟硬等）和聽覺（咀嚼或烹煮的聲音，如酥脆爽口、滋滋聲）。

寫物
靜物素描

5 手板薄餅的自述

組織及寫作手法

開首（第1段）：指出自述者是手板薄餅，它外形嬌小但內涵豐富。

① 擬人：手板薄餅具有人的體質（弱不禁風）、修養（內涵）和行為（招手），描寫有趣，吸引讀者的目光。

正文（第2段）：指出手板薄餅原本是一張平平無奇的餃子皮。

 升級貼士

第2段可描述揉麵團、靜待發酵等製皮程序，把手板薄餅製作過程完整地描寫出來。

正文（第3段）：描述手板薄餅的材料。

② 借喻：本段把手板薄餅的材料比喻成不同的衣物和飾物，語言生動活潑，引發讀者聯想。

大家好！① 我是「手板薄餅」，體形嬌小，看似弱不禁風的我其實很有內涵呢！③ 那個在餐桌上向你招着手，熱騰騰、香噴噴的小薄餅，就是我啦！你想不想聽一聽我的故事呢？

 我原本只是一張平平無奇的餃子皮，注定只能成為餃子一部分的我，卻幸運地被選中，搖身一變，成為「手板薄餅」。這可是一趟十分有趣的旅程，讓我為大家細細道來。

當我與其他兄弟玩「疊高高」的時候，一隻巨大的手將我拎了起來，② 給我穿上一件黃色的襯衫，一件肉色的毛衣，一條青綠色格紋短裙。那隻巨手還送了一條黃寶石項鏈和米白色披肩給我。為了讓這身衣服與我徹底地融為一體，我被帶往喻為「熱情的太陽」——焗爐大哥的懷裏。

我在焗爐大哥的懷裏享受了五分鐘的熱桑拿浴後，身體就變得十分酥脆。衣服牢牢地黏在我身上，披肩也不小心融化掉了。一隻戴着隔熱手套的大手將我拿了出來，放在碟子上。③隨即，讚美我的話此起彼落，我心裏納悶：我洗了個桑拿浴罷了，人們為甚麼會這樣稱讚我呢？

總結（第4段）：描述手板薄餅烘焙完成後得到人們讚美。

③首尾呼應：開首寫餐桌上的小薄餅向人們招手，結尾寫薄餅烘焙完成後得到人們讚美，首尾互相呼應。

寫物　靜物素描

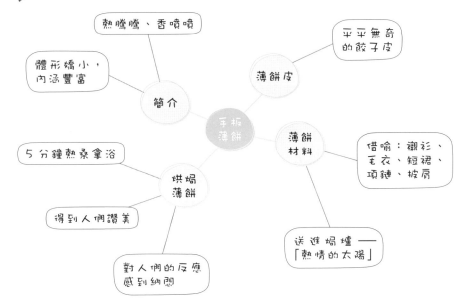

熱騰騰、香噴噴

體形嬌小，內涵豐富

簡介

手板薄餅

平平無奇的餃子皮

薄餅皮

薄餅材料

借喻：襯衫、毛衣、短裙、項鏈、披肩

5 分鐘熱桑拿浴

烘焗薄餅

得到人們讚美

對人們的反應感到納悶

送進焗爐——「熱情的太陽」

校長爺爺點評

這篇文章內容比較單薄，除了建議在第 2 段加入手板薄餅的製作過程外，最後一段可描寫食客的不同反應，如迫不及待搶着吃的動作和神態等，令內容更豐富，趣味性更高。

好詞補給站

內涵	項鍊	徹底	酥脆	隨即
納悶	熱騰騰	香噴噴	牢牢地	弱不禁風
平平無奇	搖身一變	細細道來	融為一體	此起彼落

 好句補給站

關於薄餅的句子

* 一隻巨大的手將我拎了起來，給我穿上一件黃色的襯衫，一件肉色的毛衣，一條青綠色格紋短裙。

* 我在焗爐大哥的懷裏享受了五分鐘的熱桑拿浴後，身體就變得十分酥脆。衣服牢牢地黏在我身上，披肩也不小心融化掉了。

* 一咬下去，拉出綿延不斷的牽絲，黏口濃郁的芝士味道充滿了整個口腔。

 小練筆

試改寫本文第 2 段，描述手板薄餅的製皮過程。

> 　　我原本只是一張平平無奇的餃子皮，注定只能成為餃子一部
>
> 分的我，卻幸運地被選中，搖身一變，成為「手板薄餅」。當時，
>
> _____
>
> _____
>
> _____

寫作提示

運用自述方法介紹事物，要先了解事物的特點，參考相關的資料。例如描述手板薄餅的製皮過程，就要先了解製作薄餅皮的方法，再運用想像和比喻，寫出一篇富有趣味的文章。

6 我的手錶

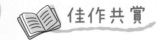 佳作共賞

開首（第1段）：交代送贈手錶的人是爸爸和送贈原因。

正文（第2段）：描寫手錶的外形特徵。

① 擬物：把青蛙手錶當作真實的青蛙來寫，令死硬呆板的物件活靈活現，讓讀者留下深刻的印象。

正文（第3段）：描寫錶面上的秒針、分針和時針。

② 擬人：把錶針當作人來寫，指它們在錶面上追逐，語言生動活潑。

正文（第4段）：通過描寫手錶的功能，帶出爸爸對「我」的寄語。

　　我有一隻多功能手錶。這隻手錶是我考試取得第一名後，爸爸送給我的禮物。

　　這隻手錶的外形是一隻身體圓圓胖胖的青蛙，錶帶是嫩綠色的，①乍看之下活像一隻可愛的青蛙趴在草叢裏，隨時準備一躍，從錶帶上跳出來。手錶上的青蛙頭上有兩顆眼珠，這其實是一個機關，開啟機關後，青蛙會吐出粉紅色的舌頭，像捕食一樣，有趣極了！

　　錶面上秒針細長，配上橙色的分針和時針，②三根指針在閃着銀光的數字形成的圈內相互追逐，彷彿在進行一場不會結束的跑步比賽。

　　這隻手錶的功能多樣，既可以看時間，又可以計時，還可以用作鬧鐘，而最重要的功能，是讓我一直記着爸爸對我的

提醒。爸爸說：「時間無限，但屬於你的時間有限，你要珍惜這不停流逝的時間，要像這個機關一樣，捕捉每一個機會，捕捉每一個重要時刻。」

　　我非常珍惜這隻手錶。它代表了爸爸對我的愛，我一定要謹記爸爸的金玉良言，珍惜時間，好好學習。

升級貼士

同學能從手錶的實際功能，層層遞進帶出手錶的隱含意義。惟在引述爸爸的寄語後便草草作結，同學可說說對這段話的感想；或交代這段話為你帶來了甚麼改變或啟迪，以強化手錶的意義。

總結 (第 5 段)：交代手錶對「我」的意義。

寫物　靜物素描

6 我的手錶　　23

思路導航

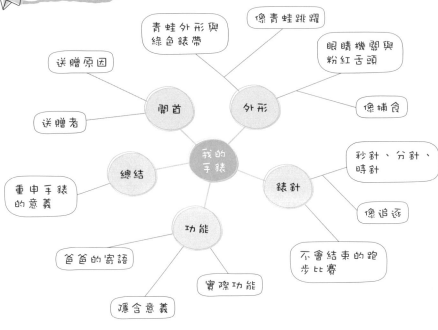

- 開首
  - 送贈原因
  - 送贈者
- 外形
  - 青蛙外形與綠色錶帶
  - 像青蛙跳躍
  - 眼睛機關與粉紅舌頭
  - 像捕食
- 錶針
  - 秒針、分針、時針
  - 像追逐
  - 不會結束的跑步比賽
- 功能
  - 爸爸的寄語
  - 實際功能
  - 隱含意義
- 總結
  - 重申手錶的意義

我的手錶

校長爺爺點評

這篇文章只描寫手錶的外表和功能，內容略嫌不足。倘能加入描寫作者收到這份禮物後有甚麼獲益，如：生活更有規律，養成守時習慣，上課從不遲到等，再加上本文小練習的補充，會令文章寫得更吸引。

好詞補給站

乍看	活像	無限	有限	流逝
捕捉	謹記	嫩綠色	功能多樣	金玉良言

好句補給站

關於時間的句子

* 三根指針在閃着銀光的數字形成的圈內相互追逐，彷彿在進行一場不會結束的跑步比賽。

* 時間無限，但屬於你的時間有限，你要珍惜這不停流逝的時間，要像這個機關一樣，捕捉每一個機會，捕捉每一個重要時刻。

* 一寸光陰一寸金，寸金難買寸光陰。(《增廣賢文》)

* 時間，每天得到的都是二十四小時，可是一天的時間給勤勉的人帶來智慧和力量，給懶散的人只留下一片悔恨。(魯迅)

小練筆

試為第 4 段作一個小結，帶出作者對爸爸這段話的感想或啟發。

> 爸爸說：「時間無限，但屬於你的時間有限，你要珍惜這不停流逝的時間，要像這個機關一樣，捕捉每一個機會，捕捉每一個重要時刻。」_____

_____

_____

寫作提示

引用別人的說話後，可以簡單說說自己的想法或感受，帶出從中得到的領悟。

7 我最珍重的一件物品

開首（第 1 段）： 指出「我」最珍而重之的物品是外婆送的書包，由此回憶與外婆的往事。

正文（第 2 段）： 記述「我」渴望擁有書包，以及收到禮物時的興奮心情。

① 語言描寫：外婆要「我」珍惜書包，扣緊「珍重」的主題。外婆的年代沒有書包，這對她來說是一份珍貴的禮物，反映外婆十分疼愛作者。

正文（第 3 段）： 描寫書包的外形和功能。

② 描寫具體：能從外到內，按一定的順序描寫書包的顏色、圖案、內袋、功能，描寫細緻，條理清晰。

佳作共賞

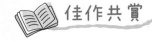

　　我有一個書包，它是外婆送給我的生日禮物，它的外觀可愛，我非常喜歡，它也是我最珍而重之的一件物品。每當我看見這個書包，就會想起我的外婆……

　　這個書包是外婆送給我六歲的生日禮物，還記得在她沒有送我之前，我非常想擁有，猜不到婆婆竟會送給我，那時，我興奮極了！① 外婆說她的年代沒有這東西，要我好好珍惜。

　　這個書包非常大，可以放到很多東西。② 它是灰藍色，有我最喜歡的小狗圖案，不但外觀可愛，還非常實用。它有很多內袋，能放不同東西，書包上有一個鎖，只要把它鎖起來，就翻不開書包，不怕被竊了。書包裏還有一個按鈕，可以把裏面的書本推出來，不用把手伸進去拿書本。

　　當我把書包背起來，感覺外婆在背後抱着我一樣，心裏有無比的溫暖。起初，婆婆送給我這個書包，是因為我幼稚園畢業，這是升上小學一年級的禮物，她期望我努力學習，取得好成績，她認為這個書包能成為我學習的動力。這個書包令我聯想起外婆對我的愛，我背起它的時候，腦袋會浮現外婆親切的笑容。

　　③ 這個書包不但是學生的象徵，而且是我親密的伴侶。這個書包破損了，我都不會把它捐贈或扔掉，因為我答應了外婆會好好珍惜它。

正文（第 4 段）：帶出外婆對「我」的期望和愛惜，突顯書包值得珍重的原因。

🎯 升級貼士

第 2 段寫書包是外婆送給「我」的生日禮物，第 4 段寫書包是外婆送給我升小一的禮物，給人內容不一致的感覺，寫作時宜多加注意。

總結（第 5 段）：點明書包對「我」的意義，承諾會好好珍惜它。

③ 暗喻：用「親密伴侶」比喻書包，反映它陪伴作者良久，傳遞出一份熟悉而温暖的感覺。

寫物　靜物素描

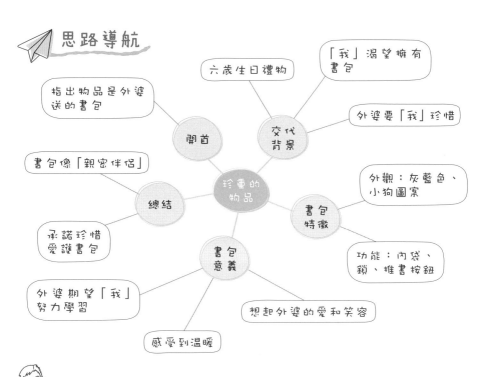

思路導航

```
                          六歲生日禮物        「我」渴望擁有
                                            書包
   指出物品是外婆
   送的書包
                     開首         交代
                                  背景       外婆要「我」珍惜

   書包像「親密伴侶」          珍重的
                            物品                   外觀：灰藍色、
                                                  小狗圖案
             總結                     書包
                                     特徵
   承諾珍惜                                    功能：內袋、
   愛護書包                                    鎖、推書按鈕
                            書包
                            意義
   外婆期望「我」
   努力學習
                        想起外婆的愛和笑容

           感受到溫暖
```

校長爺爺點評

寫文章要擴闊我們的思想，帶出獨特的意義。如第1段可寫收到生日禮物的種類，如玩具、衣服、鞋襪、圖書等都很喜歡，但還是最喜愛外婆送的書包，藉此帶出對書包的獨特感情。

描寫事物時可加上適當的形容詞，如創意的玩具、時髦的衣服……令文章更見吸引。

好詞補給站

實用	被竊	浮現	象徵	破損
捐贈	扔掉	無比的	親密的	珍而重之

好句補給站

關於物品的句子

- 當我把書包背起來，感覺外婆在背後抱着我一樣，心裏有無比的溫暖。
- 我家有一台黑得發亮的鋼琴，掀開蓋子是黑白分明的琴鍵，指尖落下，在琴鍵上靈動地游走穿梭，奏出動人樂章。
- 四方形儲蓄鐵盒一天比一天沉重，我把洋娃娃帶回家的願望也一步一步靠近。

小練筆

試擴充原文第 2 段，描寫作者收到書包前的期待或渴望心情，以及收到書包後的驚喜感受。

還記得在她沒有送我之前，我非常想擁有，_____

_____。

猜不到婆婆竟會送給我，那時，我興奮極了，_____

_____。

寫作提示

描寫心情變化要細緻入微，才能產生起伏效果，以真摯的感情打動人。

8 我最喜愛的學校人物

組織及寫作手法

 佳作共賞

開首（第1段）： 指出鄧校長日理萬機和深受同學歡迎。

升級貼士

開首點出描寫對象和人物特點，若以「謙謙君子」作為主題切入，總領全文，可使主題更突出。也可加強抒發對鄧校長的感情，提升文章的吸引力。

正文（第2段）： 描寫鄧校長的外貌，展現「智者」的形象。

① 肖像描寫：作者從臉龐、眉毛、眼睛、眼鏡、皮膚、皺紋和身材等多方面描寫鄧校長，而且觀察入微，每個特徵都能運用豐富的詞彙作細緻描述，並強調校長「智者」的特點，人物形象鮮明突出。

正文（第3段）： 記述鄧校長每天迎接學生上學，身體力行教導學生「禮」和「愛」。

　　你知道學校裏那位日理萬機而又深受同學們歡迎的人是誰嗎？他就是我最敬愛的鄧校長。

　　①鄧校長有一頭烏黑而清爽的短髮。他那尖尖的臉兒襯托着濃濃的眉毛，眉毛下閃着一雙烏溜溜的大眼睛，像黑寶石般的眼珠總是神氣地轉動着，閃爍着智慧的光芒。他的鼻樑上架着一副灰色的幼框眼鏡，是新穎的漸進式近視眼鏡，使他看起來像一個充滿智慧的學者。他的皮膚白皙細膩，儘管眼角上出現了幾條若隱若現的皺紋，但依然無損他的神采。鄧校長的身形高挑且纖瘦，尤其是他的一雙長腿，每次站在他的身旁，總覺得自己是一個「小矮人」呢！

　　鄧校長平易近人，待人親切，深受老師和同學愛戴。②每天早上，他總是風雨不改地站在校務處附近的位置，與我們這輩莘莘學子說聲早，問聲好！他以身體力行的方式教導我們「禮」和「愛」的真諦。

　　記得有一次，我經過走廊，看見鄧校長正在交託工作，輕聲細語地詢問詳情。他總是那麼親切，那麼溫文爾雅……③媽媽告訴我，鄧校長在學校已工作十多年了，深得師生的敬愛，他靠着親和力，凝聚大家努力向前，使學校成為區內數一數二的名校。這正是鄧校長的領導魅力呢！

　　鄧校長更是一位博學多才的人。他博覽羣書，④活像一個知識寶庫。每逢週會，他總會引經據典，告訴我們一些真理；他也會給我們分享生活中的小智慧，從中提醒我們多觀察身邊的事物，啟發我們的小創意，期望將來每一個同學會是充滿智慧的「貓頭鷹博士」呢！

　　鄧校長的優點多如繁星，但他從不自滿，我也希望將來能成為像鄧校長一樣的謙謙君子。

② 行動描寫：記述鄧校長風雨不改站在校務處前向學生說早的行為，表現他有禮和關愛學生，成為學生的榜樣。

正文（第4段）：記述鄧校長的談吐、對學校的貢獻，表現他溫文爾雅，具有領導魅力。

③ 側面描寫：媽媽對鄧校長的評語，除了交代鄧校長對學校的貢獻，也反映他深得家長和師生愛戴。

正文（第5段）：記述鄧校長對學生循循善誘，博學多才。

④ 明喻：以「知識寶庫」比喻鄧校長，展現他博學多才的特點。而下文所舉的例子亦能與這個特點呼應，比喻得當。

總結（第6段）：以「謙謙君子」概括鄧校長的形象。

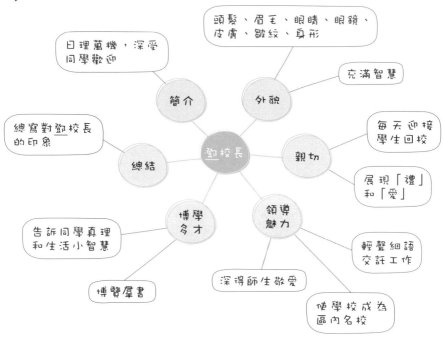

頭髮、眉毛、眼睛、眼鏡、
皮膚、皺紋、身形

充滿智慧

日理萬機，深受
同學歡迎

簡介

外貌

鄧校長

總寫對鄧校長
的印象

總結

親切

每天迎接
學生回校

展現「禮」
和「愛」

博學
多才

領導
魅力

輕聲細語
交託工作

告訴同學真理
和生活小智慧

深得師生敬愛

使學校成為
區內名校

博覽群書

校長爺爺點評

　　三年級的小學生，能觀察入
微，將校長的外表寫得鮮明，值得一
讚。此外，還舉出生活例子說明校長
待人親切那一點值得再讚。再加上媽
媽對校長的評語，以支持作者的說
法，令文章內容更充實。

好詞補給站

烏溜溜	日理萬機	白皙細膩	若隱若現	平易近人
風雨不改	莘莘學子	身體力行	輕聲細語	溫文爾雅
數一數二	博覽羣書	引經據典	多如繁星	謙謙君子

好句補給站

關於人物性格的句子

- 他以身體力行的方式教導我們「禮」和「愛」的真諦。

- 我經過走廊，看見鄧校長正在交託工作，輕聲細語地詢問詳情。他總是那麼親切，那麼溫文爾雅。

- 弟弟常常無理取鬧，媽媽不氣憤，還輕聲細語地安撫他、教導他，爸爸說媽媽就像春風一樣溫柔暖和。

小練筆

試續寫本文第 1 段，使鄧校長的形象更突出。

> 你知道學校裏那位日理萬機而又深受同學們歡迎的人是誰嗎？他就
>
> 是我最敬愛的鄧校長。＿＿＿＿＿＿＿＿＿＿＿＿＿＿＿＿＿
>
> ＿＿＿＿＿＿＿＿＿＿＿＿＿＿＿＿＿＿＿＿＿＿＿＿＿＿＿＿
>
> ＿＿＿＿＿＿＿＿＿＿＿＿＿＿＿＿＿＿＿＿＿＿＿＿＿＿＿＿

寫作提示

1. 可以概括下文提及的性格特點，再指出鄧校長是「謙謙君子」，以點明主旨，總領下文，如「鄧校長溫文爾雅……」；

2. 可以指出敬愛鄧校長的原因，加強抒情效果，如「我很欣賞鄧校長親切和藹……」。

9 我的一位老師

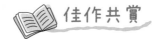 佳作共賞

開首（第 1 段）：指出中文科劉老師是「我」最敬佩的人。

正文（第 2 段）：描寫劉老師的外貌，指她溫柔大方又平易近人。

① 比喻：善用不同事物比喻劉老師的容貌，使描寫更形象生動。

正文（第 3 段）：記述一年級時「我」不懂得做常識科功課，感到不知所措。

② 心理描寫：作者描述自己不懂得做常識科功課的驚慌心情，先以「問號」借代功課疑難，再以擬物指符號在腦海盤旋，然後以「石頭」比喻壓力，最後直接抒發「喘不過氣來」，生動、細膩地展示內心的感受。

從我在聖公會仁立小學就讀一年級開始，就有很多和藹可親的老師常常循循善誘地教導我，令我不斷進步，獲益良多。在我遇到的眾多老師當中，讓我最敬佩的就是現在的中文科老師——劉老師。

劉老師眉清目秀，圓滾滾的眼睛裏總是帶着溫柔的眼神，① 嘴巴紅潤得像櫻桃，並襯托着一張鵝蛋臉。她的頭髮烏黑發亮，猶如黑珍珠在璀璨的陽光照射下閃閃發亮。劉老師臉上常常帶着溫柔的微笑，既舉止大方又十分平易近人。

細心的劉老師不僅是我現在的中文老師，也是我一年級的常識老師。記得有一次，老師吩咐我們在課堂上做作業，由於常識科不是我擅長的科目，我頓時感到十分擔心，不知第二天能否準時交功課。② 我腦裏出現數之不盡的問號，一個又一個符號在內裏盤旋，頓時仿如千噸石頭壓在身上，令我喘不過氣來。雖然一年級的我懂得的中文字詞寥寥可數，但我還是一鼓作氣嘗試埋頭作業，期間卻遇到很多不知道該怎樣回答的題目，瞬間令我不知所措。

　　那一刻，我恰似一個掉進海裏遇溺的小朋友，感到驚恐萬分。慈愛的劉老師霎時間的出現猶如救生圈，把我從死亡邊緣拉回來。劉老師語帶溫柔且循序漸進地教導我怎樣從常識書中找出答案，教導我怎樣理解題目，還教導我回答題目的技巧，我頓時感激流涕。

　　③劉老師啊！我十分感謝您用心教導我完成功課。如今我已是六年級生了，不再害怕做常識作業，更會在做功課遇到困難時，主動向老師請教。在此，感謝您用心製作筆記；更感謝您上課時用心教導我們一筆一畫寫詞語，還有如繁星般數之不盡令我感激的事呢！您每天的關懷與教誨，像陽光撒進心田，潔淨了我的心智與情操。劉老師，我從您身上學到了勤勞和做事細心，即使我快將離開母校，也會惦記着您，因為您在我心中佔了一個很重要的位置呢！期盼劉老師每天身體健康，快樂地度過每一天。

正文（第4段）：記述劉老師循循善誘地教導「我」做常識科功課，「我」對她心存感激。

　　升級貼士

第2和3段通過記述發生在一年級的事件，塑造劉老師循循善誘的形象。可是同學用了較多篇幅刻畫自己的心理，忽略描寫對象是劉老師，詳略失當。同學可記述劉老師出現時說了甚麼話，或者有甚麼行為舉止，由此引入記述劉老師怎樣幫助自己應對功課困難。

正文（第5段）：表達對劉老師的感恩和祝福。

③呼告：呼喚描寫對象劉老師，想像劉老師就在眼前，直接向她表達感激和祝福，加強感染力。

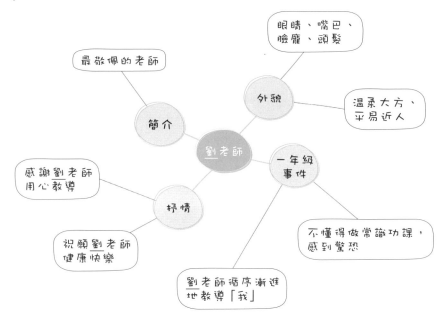

校長爺爺點評

　　作者把劉老師的容貌,描寫得十分生動,更通過一件深刻的事件,寫出劉老師令自己感受良深。此外還列舉了一些事例,描寫劉老師值得尊敬的地方,是一篇寫得不錯的文章。

好詞補給站

盤旋	瞬間	心田	璀璨的	獲益良多
舉止大方	平易近人	數之不盡	喘不過氣	寥寥可數
一鼓作氣	埋頭作業	不知所措	驚恐萬分	感激流涕

好句補給站

關於心情緊張的句子

* 我腦裏出現數之不盡的問號，一個又一個符號在內裏盤旋，頓時仿如千噸石頭壓在身上，令我喘不過氣來。

小練筆

試根據括號內的指引修改原句，具體描述劉老師出現幫助作者的情景。

> 原句：慈愛的劉老師霎時間的出現猶如救生圈，把我從死亡邊緣拉回來。（第4段）
>
> 改寫：慈愛的劉老師突然走到我身邊，（行動描寫）＿＿＿＿＿＿
>
> ＿＿＿＿＿＿＿＿＿＿＿＿＿＿＿＿＿＿＿＿ 說：
>
> 「（語言描寫）＿＿＿＿＿＿＿＿＿＿＿＿＿＿＿＿＿＿
>
> ＿＿＿＿＿＿＿＿＿＿＿＿」她那（肖像描寫）＿＿＿＿＿＿
>
> ＿＿＿＿＿＿＿＿＿＿＿＿＿＿＿＿＿＿＿＿＿，平復了
>
> 我的焦慮，她霎時間的出現猶如救生圈，把我從死亡邊緣拉回來。

寫作提示

可運用肖像描寫（眼神、微笑等）、語言描寫（詢問或安慰等）、行動描寫（搭肩膊、俯身靠近等），塑造人物的形象。

10 我最尊敬的老師

組織及寫作手法

開首（第 1 段）：以對時光的感歎引入，渲染不捨得學期結束的淡淡氣氛。

正文（第 2 段）：交代描寫對象是<u>李曉茵</u>老師，並刻畫她的外貌特徵。

① 肖像描寫：能大致描寫<u>李</u>老師的五官和身材。若能抓住<u>李</u>老師一兩個與眾不同的特點來寫，或點出她的性格、予人的印象，人物形象會更鮮明突出。

正文（第 3 段）：記述「我」剛升上三年級時，<u>李</u>老師對「我」不離不棄和耐心勸告。

 升級貼士

可舉例講述<u>李</u>老師怎樣沒有嫌棄，耐心勸告自己，又怎樣一視同仁對待同學。通過有關的事件、行為、動作或語言突出她令人尊敬的地方。

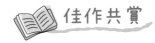 佳作共賞

時光飛逝，光陰似箭，不知不覺間已來到四年級學期的尾聲。

自三年級開始，<u>李曉茵</u>老師便是我的班主任。① 她有一雙炯炯有神的眼睛，一個小巧的鼻子和一個櫻桃小嘴，還有一副圓圓的眼鏡架在鼻樑上。她身材苗條，看上去眉清目秀。

<u>李</u>老師是我最尊敬的老師。她待人友善，悉心教導每一位學生。依稀記得，② 剛升上三年級時，我經常惹人生厭，是班裏名副其實的「淘氣鬼」。但是<u>李</u>老師並沒有因此嫌棄我，反而耐心地勸告我。她對每位同學都一視同仁，從不會偏袒任何一位學生。

② 經過兩年的時間，在老師的關愛和教導下，我成長了許多。不再像往日那樣淘氣，上學時也不會心不在焉。我真的要感謝這位好老師——<u>李</u>老師。③ 她總說：「彼此能成為同班同學，也是一種千載難逢的緣份，所以大家要相親相愛。」是

的，經過兩年時間的相處，大家已成為一家人，彼此感情變得深厚。

李老師也是一位博學多才的老師，她就如一本會移動的百科全書。上音樂課時，她歌聲清脆悦耳，彈琴手指靈活，吹笛動聽嘹亮，她做甚麼都出神入化，真屬害！我要好好向她學習，成為一位多才多藝的「小老師」。

疫情下，我們失去了很多相處的時間。但是，卻令我更珍惜在學校上課的時光。李老師對我的諄諄教誨，我必定銘記於心。

正文（第4段）：指出李老師令「我」不再淘氣，並教導同學相親相愛。

② 對比：對比自己剛升上三年級時和兩年後的轉變，突顯李老師的影響。

③ 語言描寫：李老師具有渲染力的話語，既能表現她對同學的關愛，也能增加文章的感情色彩。

正文（第5段）：描述李老師博學多才，成為「我」的學習對象。

🎯 升級貼士

第5段主要描寫李老師的音樂才華，以「百科全書」來比喻她欠妥當。可以提及她音樂以外的才華，使比喻更合理。

總結（第6段）：重申對李老師的感恩之情。

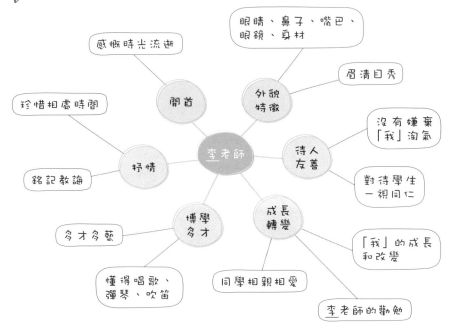

思路導航

眼睛、鼻子、嘴巴、眼鏡、身材

感慨時光流逝

珍惜相處時間

開首

外貌特徵

眉清目秀

李老師

待人友善

沒有嫌棄「我」淘氣

抒情

對待學生一視同仁

銘記教誨

博學多才

成長轉變

多才多藝

「我」的成長和改變

懂得唱歌、彈琴、吹笛

同學相親相愛

李老師的勸勉

校長爺爺點評

作者年紀小小，描寫老師雖未見驚喜地方，卻能平穩地寫出人物的形象、個性、行為，甚至她的音樂才華。最後寫出因疫情關係，減少師生相處時間，令人惋惜。

好詞補給站

依稀	偏袒	嘹亮	淘氣鬼	光陰似箭
炯炯有神	眉清目秀	惹人生厭	名副其實	一視同仁
博學多才	清脆悅耳	出神入化	諄諄教誨	銘記於心

好句補給站

關於才華的句子

- 她歌聲清脆悅耳，彈琴手指靈活，吹笛動聽嘹亮，她做甚麼都出神入化，真厲害！
- 舞台劇演員多才多藝，演戲、唱歌、跳舞，樣樣不在話下。
- 想成為博學的人，先要博覽羣書擴闊眼界，決不能滿足於一知半解。

小練筆

試運用比喻描寫人物。

1. 小麗快速地跑向終點，像 _____

   _____

2. 她目擊交通意外發生，驚恐得呆立在原地，彷彿 _____

   _____

3. _____ ，

   _____ ，有如千軍萬馬在奔騰。

4. _____ ，

   _____ ，臉上就滾下一顆顆晶瑩的露珠。

11 我的好朋友

組織及寫作手法

開首（第1段）：指出黃霈祺是「我」的朋友和對手，他性格討好。

① 善用問句：先以設問帶出好朋友是誰，再以反問指出他性格討喜，能引起讀者注意，突出重點。

正文（第2段）：描寫霈祺的樣貌特徵。

正文（第3段）：通過記述在奧數課答題的事件，表現霈祺謙虛的性格。

升級貼士

第3段開首引述霈祺的話語，表現他樂於助人，但下文卻記述他謙虛的事件。運用語言描寫，要配合內容和情節，使前後文銜接自然；或者一個段落記述一個性格特點，以及一件相關事件。

佳作共賞

　　我有一個好同學，我們做了四年同學，我們既是朋友，也是對手。①你問我他是誰？那當然是黃霈祺啦！他討喜的性格怎能令我忘記呢？

　　霈祺長得不高，像一棵小小的多肉植物；他的頭髮像一個迷你頭盔。

　　🎯他最常說的話就是：「有甚麼不懂的嗎？由我來教你吧！」有一次在奧數課上，老師出了一道深奧的題目，我們都默不作聲，除了他——黃霈祺。他聽到題目後立刻舉手說：「這題的答案是⋯⋯」我們紛紛表示讚賞，他卻謙虛地說：「我沒有你們說得那麼聰明。」我真佩服他！

又有一次，在運動會上，我和霑祺入選代表四年戊班賽跑。比賽快開始時，他對我說：「加油！」我回答說好。「嗶——」比賽開始了，我跑呀跑，跑呀跑……「啊——！」我跌倒了！② 在一旁的黃霑祺看到我，立刻放棄比賽，扶我起來，說：「你沒事吧？」「沒事，快跑！」他回答說：「不可以，我要扶你到終點！」我心裏頓時感到很溫暖。比賽完了，老師對我們說：「雖然你們輸掉了比賽，但你們獲得了『最佳友誼獎』啊！」

我真的很欣賞黃霑祺，③ 開心時，我們一起分享；傷心時，他會安慰我；遇到困難時，他會救助我。黃霑祺，你不愧是我的好朋友！

正文（第4段）：通過記述在賽跑跌倒一事，表現霑祺樂於助人的性格。

② 善用對話：把跌倒後二人的對話簡潔地寫出來，除了有助推進情節發展，也反映霑祺關心別人、重視友情和不計輸贏的性格。

總結（第5段）：表達對霑祺的讚賞。

③ 排比：運用三個結構和意思相近的句子，一層一層指出與霑祺的深厚情誼，條理清晰，意思明確。

11 我的好朋友　　43

思路導航

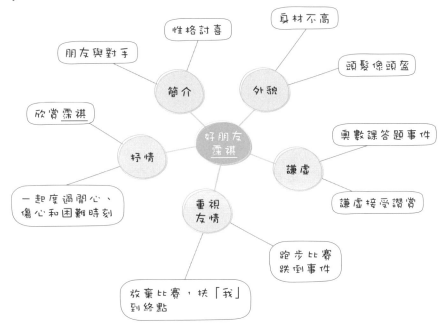

性格討喜

身材不高

朋友與對手

頭髮像頭盔

簡介

外貌

欣賞霈祺

好朋友
霈祺

抒情

奧數課答題事件

謙虛

一起度過開心、
傷心和困難時刻

重視
友情

謙虛接受讚賞

跑步比賽
跌倒事件

放棄比賽,扶「我」
到終點

校長爺爺點評

　　這是一篇真情流露的描寫文,
充分表現作者與同學霈祺互勵互勉的
深厚友情。作者寫人物對話掌握得很
好,寫得不錯,能通過對話反映人物
性格、事情發展,以出自四年級的學
生的手筆,值得一讚!

好詞補給站

| 討喜 | 頭盔 | 紛紛 | 謙虛 | 佩服 |
| 頓時 | 輸掉 | 安慰 | 不愧 | 默不作聲 |

好句補給站

關於友情的句子

- 雖然你們輸掉了比賽，但你們獲得了「最佳友誼獎」啊！

- 我真的很欣賞黃霈祺，開心時，我們一起分享；傷心時，他會安慰我；遇到困難時，他會救助我。

- 真正的友誼不是一株曇花，在一夜之間綻放，在一夜之間凋敝。

- 近朱者赤，近墨者黑。（傅玄《太子少傅箴》）

小練筆

我們可以通過人物對話，來交代情節發展，並展現人物性格。試把以下一段文字，運用對話把情節寫出來。

> 原文：我不懂得做數學功課，想向小傑借功課來抄。可是小傑不肯，說這樣做是瞞騙老師，會耽誤學業，最終害了自己。小傑的話令我羞愧得臉紅耳赤，打消了抄功課的念頭。

寫作提示

撰寫對話時，文字要精煉，以加快情節的推進，產生明快的節奏感。另外，可以適當描述人物的動作、神情、說話聲調等，表現人物的思想感情。

12 我最欣賞的名人

組織及寫作手法

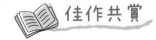 **佳作共賞**

開首（第 1 段）：以「人類智慧的象徵」稱譽達文西，並交代他的出生地。

正文（第 2 段）：描寫達文西的外貌，展現他的強大氣質。

① 肖像描寫：同學不僅描繪出達文西的外貌特徵，還能抓住鮮明的特徵，運用準確精煉的詞語，表現出他的精神氣質和性格，令讀者印象深刻。

正文（第 3 段）：記述達文西的夢想和藝術天分，以及他跟維洛吉歐學習的情況。

② 記事寫人：記述達文西在學習藝術外，還學習物理學和力學，反映他積極學習，廣泛涉獵不同的知識。

正文（第 4 段）：指出達文西的夢想是研究飛行裝置。

　　李奧納多・達文西（1452-1519）是意大利文藝復興時期的畫家、科學家……人類智慧的象徵。他生於佛羅倫斯郊區的芬奇小鎮，因此取名「芬奇」。

　　① 達文西擁有一張讓人難以描繪其風情的道貌岸然面孔，披着一頭波浪起伏的長髮和頜下金栗色的長鬍鬚。緊皺的眉毛、直挺挺的高鼻樑，還有他那深邃的充滿智慧的目光，都透露出一種錚錚鐵骨的意志力。他那種強大的氣質，給人們留下深刻的印象。

　　達文西從小就有傑出的藝術天分，並夢想將來能成為畫家。他在十四歲的時候向佛羅倫斯的藝術家——維洛吉歐學藝。② 達文西在那裏學會了建築、繪畫、煉金術、土木、手工藝等才能，同時，他還充實了物理學和力學的基本概念。維洛吉歐知道達文西的實力已經超越了自己，便決定讓他外面獨力發展。

　　達文西和很多人一樣，夢想有一天可以像鳥兒一樣，在天空自由自在地飛翔。

但他卻沒有局限於單純的幻想中，而是運用自己的工藝知識仔細分析鳥類的移動。由於對飛行的憧憬，達文西一生致力於飛行裝置的研究。

③ 公元 1485 年，達文西用木棍、帆布和繩子，設計出一個類似現在降落傘的奇特裝備。他是為了火災發生時，讓身在高處的人們能夠安全地逃生，才發明這個工具。但是當時卻沒有人對這個東西感興趣，他們都認為這是個愚蠢的發明。③ 即使經過好幾百年，專家們還是搖頭說：「達文西發明的降落傘，是不可能讓人安全降落的。」③ 直到公元 2000 年，英國人亞德里恩‧尼可拉斯按照達文西的設計圖，製作了一模一樣的降落傘，並且成功地完成跳傘降落的實驗，這證明了達文西是個「發明天才」。

我很尊崇、欣賞達文西，是因為他技術上的獨創性和具有前衛的構思。

寫人　名人風采

正文（第 5 段）：記述達文西設計出類似降落傘的裝備，以及不同時期人們對他的評價。

③ 時間順序：先寫達文西發明類似降落傘裝置的年份、原因和當時人們的評價；再寫數百年後專家的評語；最後寫公元 2000 年的發展情況。選材方面，作者能抓住事件發展的關鍵來寫，內容雖多卻不累贅。

總結（第 6 段）：表達對達文西的尊崇和欣賞。

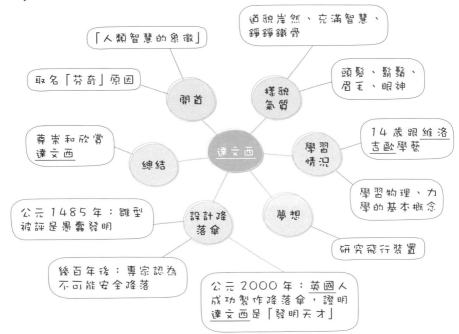

「人類智慧的象徵」

道貌岸然、充滿智慧、錚錚鐵骨

取名「芬奇」原因

樣貌氣質

頭髮、鬍鬚、眉毛、眼神

開首

達文西

學習情況

14 歲跟維洛吉歐學藝

尊崇和欣賞達文西

總結

學習物理、力學的基本概念

公元 1485 年：雛型被評是愚蠢發明

設計降落傘

夢想

研究飛行裝置

幾百年後：專家認為不可能安全降落

公元 2000 年：英國人成功製作降落傘，證明達文西是「發明天才」

 校長爺爺點評

　　達文西一生事跡很多，但作者能扼要描寫他的樣貌氣質、學習情況，並記述他發明了跳傘，內容恰到好處。

　　寫作人物傳記時，可以在記述人物的主要貢獻和成就時，加入自己或別人的評價，避免流水帳式的描述，這篇文章的作者則能做到這點。

好詞補給站

頷下	緊皺	深邃	實力	飛翔
憧憬	直挺挺	局限於	致力於	獨創性
道貌岸然	波浪起伏	錚錚鐵骨	獨力發展	一模一樣

 好句補給站

關於人物性格氣質的句子

* 緊皺的眉毛、直挺挺的高鼻樑，還有他那深邃的充滿智慧的目光，都透露出一種錚錚鐵骨的意志力。

* 表姐留着一頭清爽的金黃色短髮，古銅色的皮膚、明亮的大眼睛、燦爛的笑容，展現出活力十足的樣子。

 小練筆

試寫出兩個描寫人物外貌的句子，第 1 題是填充題，第 2 題是自由創作題。

1. 妹妹（外貌特徵）＿＿＿＿＿＿＿＿＿＿＿＿＿＿＿＿＿＿＿＿＿＿，

   給人（性格特點）＿＿＿＿＿＿＿＿＿＿＿＿＿＿的感覺。

2. ＿＿＿＿＿＿＿＿＿＿＿＿＿＿＿＿＿＿＿＿＿＿＿＿＿＿＿＿＿

   ＿＿＿＿＿＿＿＿＿＿＿＿＿＿＿＿＿＿＿＿＿＿＿＿＿＿＿＿＿

   ＿＿＿＿＿＿＿＿＿＿＿＿＿＿＿＿＿＿＿＿＿＿＿＿＿＿＿＿＿

寫作提示

描寫人物的肖像，除了寫出人物的面貌特徵，還可以結合性格特點，使人物栩栩如生。
方法是：外貌特徵＋性格特點。

一個我熟悉的人

 佳作共賞

開首（第1段）：指出媽媽是「我」最親愛的人。

① 設置懸念／設問：開首以設置懸念的方式介紹描寫對象，引發讀者好奇心，一步步閱讀下去；最後以設問方式，直接點出描寫對象。

正文（第2段）：描寫媽媽的樣貌，指出她給人和藹可親的感覺。

 升級貼士

圓圓的眼鏡和大大的眼睛，不足以顯示媽媽和藹可親的形象。同學要選取適切的形容詞來刻畫人物形象，如：襯着她大大又慈祥／溫柔的眼睛。

正文（第3段）：通過一次把顏料倒在地上的事件，表現媽媽是個甚麼家務都會做的「萬能俠」。

① 在我生命中，有一個我最熟悉的人，就是我未出生已經認識的人。我在她的肚子成長時，她已經開始跟我說故事，跟我聊天，跟我傾訴心事。大家知道她是誰嗎？她就是我最親愛的人——媽媽。

媽媽有一張紅撲撲的臉蛋，就像一個紅蘋果。她還有一雙機靈的眼睛，猶如亮晶晶的星星，十分漂亮。她佩戴一副圓圓的眼鏡，襯着大大的眼睛，讓人感到分外和藹可親。

媽媽是個能幹的「萬能俠」，她甚麼家務都會做，例如：洗衣服、洗碗、掃地……把家裏打理得井井有條。② 記得有一次，我在客廳畫畫的時候，不小心把顏料全都倒在地上，弄得一塌糊塗。那一刻我很擔心，害怕會被媽媽責罵。可是，媽媽不但沒有責罵我，還溫柔地安慰我說：「不要緊，沒有弄髒畫作就好了。」

下次加倍小心吧！接着，不到半小時，媽媽就把地上和傢具上的顏料全抹得乾乾淨淨。我真的對她佩服得五體投地。

為何媽媽是個「萬能俠」呢？除了處理家務頂呱呱外，她還每天把我照顧得無微不至。③ 想起那次我得了流感，身體十分不適，辛苦極了！那天晚上，我不停地嘔吐，媽媽不僅悉心地照顧我，還一整晚沒睡，真的辛苦她了！她雖然疲累得呵欠連連，但堅持照顧我，連自己的身子也不顧。那刻，我深受感動，充分感受到媽媽對我的愛！

雖然媽媽平日很囉嗦，可是我知道她的苦口婆心，更會一直愛她。當我長大後，我一定會好好孝順她，以報答她的養育之恩。

② 語言描寫／行動描寫：通過描寫媽媽安慰「我」和清理顏料的行為，表現她溫柔能幹的一面。

正文（第4段）：通過一次生病的經歷，表現媽媽對「我」的悉心照顧。

③ 邊敍事邊抒情：一邊敍述患病時媽媽照顧自己的經過，一邊傾吐心中的感受，使文章更具感染力。

總結（第5段）：表達對媽媽的感恩，並承諾長大後會孝順她。

寫人　家人拼圖

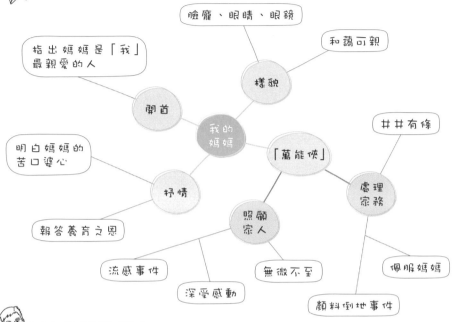

臉龐、眼睛、眼鏡

和藹可親

樣貌

指出媽媽是「我」最親愛的人

開首

我的媽媽

「萬能俠」

井井有條

處理家務

明白媽媽的苦口婆心

抒情

照顧家人

報答養育之恩

流感事件

深受感動

無微不至

佩服媽媽

顏料倒地事件

校長爺爺點評

描寫家人是作文常見的題目，當同學看到這類題目時，或許會想起家人做過的點點滴滴，但寫作時不能全部都寫下來，而要選取一些特別難忘的例子加以描寫。

本文作者把媽媽活靈活現地描寫出來，她記述媽媽辛勞打理家務，即使自己做錯事都不會生氣，還悉心照顧自己，就像「萬能俠」一樣，把她歌頌得非常出色。

好詞補給站

傾訴	猶如	悉心	囉嗦	紅撲撲
頂呱呱	和藹可親	井井有條	一塌糊塗	加倍小心
五體投地	無微不至	呵欠連連	苦口婆心	養育之恩

 好句補給站

關於母愛的句子

- 她雖然疲累得呵欠連連，但堅持照顧我，連自己的身子也不顧。

- 雖然媽媽平日很囉嗦，可是我知道她的苦口婆心，更會一直愛她。

- 母親是一個避風塘，不論你遇到甚麼風風雨雨，她都會給你溫暖而安心的庇護。

- 誰言寸草心，報得三春暉。（孟郊《遊子吟》）

 小練筆

描寫人物時，人物性格和事件是分不開的。假如要描寫一個誠實的人，你會寫誰？從哪件事可以知道他／她是一個誠實的人？你在事件中有甚麼感受？

_____是一個誠實的人。記得有一次

_____

_____

_____

寫作提示

記述事件時，要把事情的起因、經過和結果交代清楚。另外，結尾可以做小結，帶出自己對人物的感情或評價，或從事件中得到的啟悟。

14 我的爸爸

組織及寫作手法

 **佳作共賞**

開首（第 1 段）：描寫爸爸的樣貌，並指出他是一位英勇的消防員。

① 肖像描寫：描寫爸爸的眉毛、皮膚和身形，突顯他魁梧的特點，用詞豐富準確。

正文（第 2 段）：記述爸爸在颱風「山竹」吹襲下堅守工作崗位，表現他盡責的性格，令人敬佩。

正文（第 3 段）：記述爸爸在火警中協助鄰居逃生一事，表現他無私奉獻的精神。

 升級貼士

第 3 段有以下建議：一、火警事件的開始，可以運用對

---

① 我的爸爸有一頭烏黑油亮的短髮，一對濃密而粗大的眉毛，眉毛下有一雙炯炯有神的大眼睛。他的皮膚既黑又粗糙。他的個子高大威猛，十分威風。猜猜他的職業是甚麼？他是一位英勇的消防員。

爸爸是一個盡責的人。大家還記得二零一八年九月十六日吹襲香港的超級颱風——「山竹」嗎？那天香港天文台發出十號風球，當時的環境非常惡劣，大部分交通工具都已經停駛。故此，爸爸比平常更早出門上班。雖然我安坐家中，但十分擔心爸爸的安危。即使在惡劣天氣下，爸爸仍然緊守工作崗位，他盡責的性格真令人敬佩！

此外，爸爸擁有無私奉獻的精神。去年一個晚上，我居住的大廈突然發生火警。 ② 爸爸不慌不忙地指揮我和媽媽，着我們先拿取濕毛巾和門匙，然後逃到安

全的地方。正當我們打算離開的時候，鄰居王婆婆的女兒拍門求助。原來大廈升降機因火警而停止使用，而王婆婆的女兒背不起家中行動不便的王婆婆，因此請求爸爸幫忙。爸爸二話不說，便一口答應。爸爸吩咐我們使用樓梯先行離開，於是我、媽媽和王婆婆的女兒迅速地逃到地面。◎在等待爸爸期間，③我心裏十分焦急，猶如熱鍋上的螞蟻般。過了二十分鐘後，◎我終於看到滿頭大汗的爸爸背着王婆婆出現在眼前。我頓時放下心頭大石，飛快地跑去抱緊他。爸爸不顧自身安危，協助鄰居逃離困境，他不求回報的付出，令我以他為榮。

　　爸爸是我的偶像，我很欣賞他。無論情況如何惡劣，他都無畏無懼地面對；無論他做甚麼事情，都不求回報。我會好好向他學習，做一個勇敢的人。

比手法，以其他人面對火警的驚慌來突顯爸爸的沉着冷靜，使人物形象更突出。二、可以用肖像描寫，刻畫爸爸背着王婆婆出現時的疲累狀況，突顯爸爸不畏艱辛的意志力。三、第3段篇幅較長，可分成兩段，使讀者容易理解，如「在等待爸爸期間……」一句另起一段。

② 行動描寫：描寫爸爸不慌不忙指揮家人逃生，以及背着王婆婆逃到地面的行為，表現他臨危不亂和充滿正義感的特質。

③ 心理描寫：描寫等待爸爸期間的焦急心情，增加情節的緊張氣氛。

總結（第4段）：讚揚爸爸無畏無懼，是「我」的偶像和學習對象。

寫人　家人拼圖

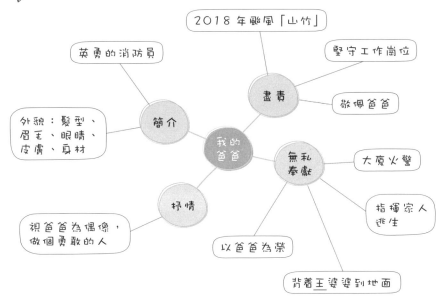

校長爺爺點評

作者是位三年級的學生，文中對她的爸爸描寫得淋漓盡致，是一篇很好的文章。作者能用適當的形容詞描繪爸爸的樣子，表現他是一個英勇的消防員，人物形象符合他的身份。繼而列舉事例，描寫英勇的爸爸在颱風下緊守崗位，在火場中協力救人的情節，令人感動。

好詞補給站

吹襲	緊守	焦急	烏黑油亮	炯炯有神
高大威猛	安坐家中	無私奉獻	不慌不忙	二話不說
一口答應	滿頭大汗	心頭大石	不求回報	無畏無懼

好句補給站

關於英勇的句子

• 爸爸不顧自身安危，協助鄰居逃離困境，他不求回報的付出，令我以他為榮。

• 英勇的消防員以最快的速度趕赴火場，奮不顧身地衝進熊熊烈火中救人。

小練筆

試根據指示擴充原文，以加強刻畫爸爸的形象。

(1) 描述「我」和媽媽的驚慌表情、心情或行為作對比

去年一個晚上，我居住的大廈突然發生火警。＿＿＿＿＿＿＿＿＿＿＿＿＿

＿＿＿＿＿＿＿＿＿＿＿＿＿＿＿＿＿＿＿＿＿＿＿＿＿＿＿＿＿＿＿＿＿＿

＿＿＿＿＿＿＿＿＿＿＿＿，爸爸不慌不忙地指揮我和媽媽。

(2) 加強描述爸爸疲累的樣子

過了二十分鐘後，我終於看到滿頭大汗的爸爸背着王婆婆出現在眼前。＿＿＿＿＿＿＿＿＿＿＿＿＿＿＿＿＿＿＿＿＿＿＿＿＿＿＿＿＿＿＿

＿＿＿＿＿＿＿＿＿＿＿＿＿＿。我頓時放下心頭大石，飛快地跑去抱緊他。

15　我的姐姐

組織及寫作手法

開首（第1段）： 指出姐姐是「我」的偶像和最佳玩伴，流露對姐姐的敬愛之情。

正文（第2段）： 描寫姐姐溫柔和生氣時的樣子。

① 比喻：描寫姐姐的外貌時運用了多個比喻，令語言生動具體，也使讀者對姐姐的樣貌有更真切的印象。

 升級貼士

第2段詳細描寫姐姐的樣貌，結尾一句卻比較「我」和姐姐的性格，顯得有點突兀。

正文（第3段）： 指出姐姐學業成績優異，令「我」感到非常羨慕。

② 排比：運用三個意義相關的句子來敘述姐姐的學科成績，這樣的敘事方法能使層次清晰，文章琅琅上口，增加節奏感和氣勢。

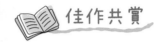 **佳作共賞**

　　① 要數我最親近的人，姐姐必定榜上有名。爸媽工作忙碌，從我出生那天起，姐姐無時無刻不陪伴我左右，她是我兒時偶像，是我最佳玩伴。

　　姐姐樣子美麗。她有一頭烏黑濃密的長髮，每當她鬆開橡筋，輕輕搖頭，① 秀髮如瀉下的瀑布；有一雙如月牙般的眼睛，笑起來甜甜的，散發着溫暖的光芒，讓人不禁想親近她。雖然她經常笑瞇瞇的，但一生氣起來，彎彎的眼睛便會瞪得大如銅鈴，動人心魄。姐姐聰明而細心，而我卻像男孩子粗心大意。

　　姐姐和我曾經就讀同一所小學，她每次考試，獲全級首名是毫無懸念的，叫我豔羨不已。② 晦澀難懂的中文科，在她眼裏只是小菜一碟；許多數位記號的數學科，她算起來不費氣力；叫我引以為傲的英文科，姐姐也比我熟練得多。我多麼希望能夠像姐姐那樣做事認真仔細，有條不紊，將考試化作自己的舞台。

　　有一次，我哭着問媽媽：「為甚麼我的成績永遠沒有姐姐那麼好？」媽媽把我一擁入懷，溫柔地說：「天父創造每一個人都賦予他長處，而且不要只看結果，要看自己在過程中是否盡了力。」我看着媽媽，她有一雙和姐姐一樣的大眼睛，總是閃動着聰慧的光芒。③噢！姐姐埋頭苦幹時，我卻在吃喝玩樂懶散度日，④所謂「種瓜得瓜，種豆得豆」，我們只是得到相應的回報而已。

總結（第4段）：通過與媽媽的對話，帶出每個人都有天賦能力，並要盡力追求理想。

③歎詞：用歎詞「噢」加強表達恍然大悟的感受，也喚起了讀者的注意，突出接下來要強調的主題。

④引句作結：運用引句作結，除了富有文采，也能言簡意賅地帶出文章主題，起畫龍點睛的效果。

寫人　家人拼圖

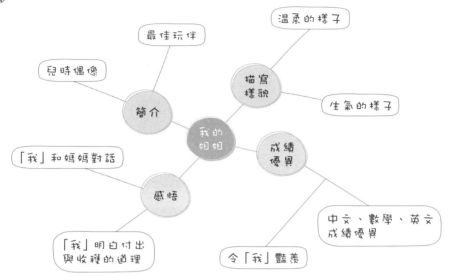

最佳玩伴

溫柔的樣子

兒時偶像

描寫樣貌

生氣的樣子

簡介

我的姐姐

成績優異

「我」和媽媽對話

中文、數學、英文成績優異

感悟

「我」明白付出與收穫的道理

令「我」豔羨

校長爺爺點評

「她是我兒時偶像，是我最佳玩伴。」

「秀髮如瀉下的瀑布；一雙如月牙般的眼睛。」

「晦澀難懂的中文科，在她眼裏只是小菜一碟；許多數位記號的數學，她算起來不費氣力；叫我引以為傲的英文科，姐姐也比我熟練得多。」

以上所寫，都是描寫文的寫作技巧，有運用比喻描寫人物的外貌，有運用整齊的排比句描繪人物各方面的才華，值得學習。

好詞補給站

月牙	賦予	笑瞇瞇	榜上有名	無時無刻
動人心魄	毫無懸念	豔羨不已	晦澀難懂	小菜一碟
不費氣力	引以為傲	有條不紊	埋頭苦幹	懶散度日

 好句補給站

關於付出與收穫的句子

* 天父創造每一個人都賦予他長處，而且不要只看結果，要看自己在過程中是否盡了力。

* 所謂「種瓜得瓜，種豆得豆」，我們只是得到相應的回報而已。

* 世上沒有不勞而獲，也沒有免費午餐，俗語說：「一分耕耘，一分收穫」，你想要收獲多少成果，就要付出多少努力。

 小練筆

試運用排比描寫人物，第 1 題是填充題，第 2 題是自由創作題。

1. 奶奶滿頭白髮，猶如潔白的霜雪；奶奶＿＿＿＿＿＿＿＿＿＿＿，

   猶如＿＿＿＿＿＿＿＿＿＿＿＿＿＿＿；奶奶＿＿＿＿＿＿＿

   ＿＿＿＿＿＿＿＿＿，猶如＿＿＿＿＿＿＿＿＿＿＿＿＿＿。

2. ＿＿＿＿＿＿＿＿＿＿＿＿＿＿＿＿＿＿＿＿＿＿＿＿＿＿＿

   ＿＿＿＿＿＿＿＿＿＿＿＿＿＿＿＿＿＿＿＿＿＿＿＿＿＿＿

   ＿＿＿＿＿＿＿＿＿＿＿＿＿＿＿＿＿＿＿＿＿＿＿＿＿＿＿

寫作提示

我們可以運用排比，描寫人物的外貌、性格、功績等，也可以用來抒發對人物的感情。

16 校園剪影

組織及寫作手法

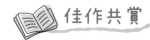

佳作共賞

開首（第1段）：先寫今天是學校開放日，「我」以親善大使的身份向嘉賓介紹校園。

今天是學校的開放日，作為「親善大使」的我，主要負責向到校嘉賓介紹校園特色。我的心情很緊張，因為要向素未謀面的嘉賓介紹校園，難免有些忐忑。但一想到能為學校擔任這角色，卻感到既榮幸又期待。

正文（第2段）：描寫舊校舍的外部。

① 明喻：以優美的喻詞把校舍比喻為威武的將軍，增加文章的感染力。

不久，嘉賓到學校了。我先帶他們來到馬路旁，抬頭一看，兩座校舍映入眼簾。① 它們挺立在馬路兩旁，宛如兩名威武的將軍，守護眾師生。左邊的建築物是我們的舊校舍。舊校舍的外牆經過歲月洗禮，留下了不少滄桑的痕跡，彷彿在向路人訴說它的歷史。校舍旁那棵枝葉婆娑的大樹亦有多年歷史，即使面對風吹雨打，依然屹立不倒，它就像守護神，默默陪伴我們成長。

正文（第3段）：描寫在操場所見的情景。

踏進校園，在操場向對面張望，可看見新翼禮堂。地上擺放一些桌椅和數張乒乓球桌，彷彿可以看到同學昔日在這裏聊天嬉戲的快樂畫面。往左看，可以看到一排洗手盆，供同學清潔雙手，對面牆壁上有壁報板，張貼了各級考試成績優異的同

小作家檔案

姓名：陳穎晴　　年級：六年級

學校：聖公會聖提摩太小學

寫景 校園追憶

學照片。從操場上抬頭仰望，可以看到新翼校舍共分三層，每層髹上不同的顏色，代表不同級別的樓層。

②步上各樓層，我們可以看到各班的課室。推開一樓課室大門，可看到排列整齊的桌椅，一塵不染。向前望去，便是壁報板，上面張貼的是同學的佳作。離開課室，向前走到轉角處，便是音樂室，那裏放了不同類型的樂器。每次經過，都能聽到同學的悠揚歌聲。離開音樂室，向前走，便來到一樓電腦室，這也是我最喜歡的特別室。電腦室內裝有很多台電腦供同學上課時使用。來到三樓便是圖書館，除了藏有許多圖書，還有桌椅供同學坐下閱讀，簡直是「書蟲」的天堂。在校園頂層從走廊圍牆俯視，可看到半個操場，不禁令人想起同學在操場上活動時活潑燦爛的笑容。這個操場雖小，但卻盛載大家上體育課的不少汗水和回憶。

雖然整個校園不算很大，卻是師生們溫暖的依靠，是學生的第二個「家」，是大家的「避風港」。能在這裏讀書，我感到很榮幸。因為每天都能和同學一起學習，一起聊天，得到老師悉心關懷及照料，讓我們健康愉快地成長。縱然我快將畢業，但仍會經常回來探望母校的！

正文（第4段）：描寫樓層上的課室和特別室。

②步移法：仔細描寫方位、樓層，移動、進入及離開各位置，令參觀路線清晰，讀者更能投入於同學與嘉賓的體驗，對文章更有共鳴。

升級貼士

電腦室除了電腦數量之外，可以描寫更多特色。正如圖書館的特色不止於圖書，也可描寫當中的擺設裝飾、溫度濕度、聲音、氣味、牆壁或地面等，帶出個人對有關環境的印象。

總結（第5段）：總結校園面積不大而意義很大，並回顧校園生活，展望畢業後常回母校。

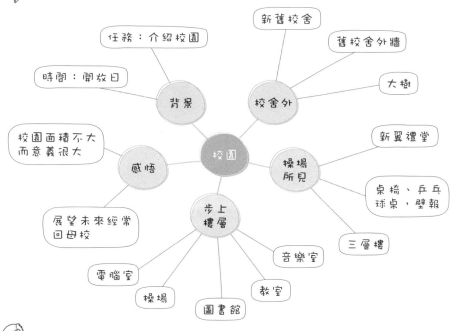

思路導航

- 校園
  - 背景
    - 任務：介紹校園
    - 時間：開放日
  - 校舍外
    - 新舊校舍
    - 舊校舍外牆
    - 大樹
  - 操場所見
    - 新翼禮堂
    - 桌椅、乒乓球桌，壁報
    - 三層樓
  - 步上樓層
    - 音樂室
    - 教室
    - 圖書館
    - 操場
    - 電腦室
  - 感悟
    - 校園面積不大而意義很大
    - 展望未來經常回母校

校長爺爺點評

　　作者身為學校開放日親善大使，對學校認識很深，由校舍外貌、操場擺設、各樓層教室、音樂室、電腦室、圖書館等都十分熟悉，描寫起來不單具體清晰，而且次序分明。

　　另外，作者即將畢業升上中學，為學校擔任親善大使的角色時，能寫出既忐忑又期待的心情。

好詞補給站

宛如	滄桑	訴說	依靠	素未謀面
抬頭一看	映入眼簾	歲月洗禮	枝葉婆娑	風吹雨打
屹立不倒	排列整齊	一塵不染	悠揚歌聲	悉心關懷

 好句補給站

關於校園的句子

- 這個操場雖小，但卻盛載大家上體育課的不少汗水和回憶。
- 雖然整個校園不算很大，卻是師生們溫暖的依靠，是學生的第二個「家」，是大家的「避風港」。
- 老師的金玉良言，校園的美麗故事，剛好足夠我們講一輩子。
- 每大一歲，都總想回學校暢聚一回。

 小練筆

你學校的環境有甚麼特色？試描寫校園的三種特色。

我的學校是＿＿＿＿＿＿＿＿＿＿＿＿＿＿＿。它＿＿＿＿＿＿

＿＿＿＿＿＿＿＿＿；＿＿＿＿＿＿＿＿＿＿＿＿＿＿＿＿＿＿

＿＿＿＿＿＿＿＿＿；＿＿＿＿＿＿＿＿＿＿＿＿＿＿＿＿＿＿

＿＿＿＿＿＿＿＿＿＿＿＿＿＿＿＿＿＿＿＿＿＿＿＿＿＿＿＿。

寫作提示

描寫時雖然要呈現客觀存在的景物，但也不妨按照自己的情感或意見，選擇要具體描寫的對象。例如一個地方可能有十種可以描寫的景物，寫作時必須取捨，分清主次。又例如每個人都可能對同一種景物有不同感覺，你所寫的如果是個人而獨特的，文章則更有意思和趣味。

17 校園一角

組織及寫作手法

佳作共賞

開首（第1段）：交代學校位置，再形象化地帶出描寫對象是圖書館。

① 擬人／對比：為圖書館加上躲藏者的形象，生動地指出圖書館位於校園一角，並以圖書館小小的面積對比無限的回憶。

正文（第2段）：描寫圖書館的特色。

正文（第3段）：描寫繁忙時段的圖書館，帶出作為服務生的使命。

② 借喻：不直接指出要描寫的對象，透過書包櫃和同學作為線索，以巨石比喻沉重龐大的書包，配合疊詞，令書包的輕重和多少更能立體呈現。

　　我所讀的學校位於葵盛西邨，①校園裏「躲藏」着一個小小的圖書館，能勾起我無限的回憶。

　　花朵翩翩起舞、小草發出悅耳的刷刷聲，在種滿花草樹木的綠茵教室前，學校的圖書館映入眼簾。圖書館內，有的同學目不轉睛地看書，有的與三五知己輕聲細語，有的圖書館服務生竭盡全力為同學服務。一座座獎盃擺放在書櫃，閃閃生輝。說起我們小小的圖書館，真是「麻雀雖小，五臟俱全」。圖書館外有一幅牆，牆上壁報有一張張精美圖片和海報，介紹各式各樣的閱讀主題，吸引同學進入圖書館，提高對閱讀的興趣。精明能幹的圖書館主任——李老師和圖書館服務生都同心協力把圖書館打理得井井有條。

　　每當上課前、小息、午膳等時間，圖書館總是車水馬龍。②圖書館門外，書包櫃擺放同學一個個沉甸甸的巨石，門內，一位位同學全神貫注地坐在椅子上看書。

升級貼士

 古語有云：「讀書百遍，其義自見。」
③我作為圖書館服務生，付出了汗水和時間，盡心為同學服務，把書籍排列得整整齊齊，從中得到滿足。

　　每個早上，我都在圖書館度過，度過我的開心時刻，度過我的學習時光，度過我的美好童年。

　　我十分喜歡主恩的圖書館，它不但讓我汲取知識，還帶給我美好回憶。

引用古語要與前後文相關，同學可以從自己的文句開始，慢慢寫到要引用的古語，也可以在引用後再解釋與描寫對象之間的關係。

③揭曉伏筆：在文章較後的部分才揭開自己是服務生的身份，不但令前文對圖書館的仔細描寫更合理，亦能給予讀者驚喜。

正文（第4段）：從描寫過渡至抒發個人喜悅之情。

總結（第5段）：首尾呼應，表達自己對圖書館的喜愛，以及圖書館為自己帶來美好回憶。

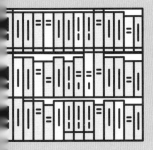

寫景　校園追憶

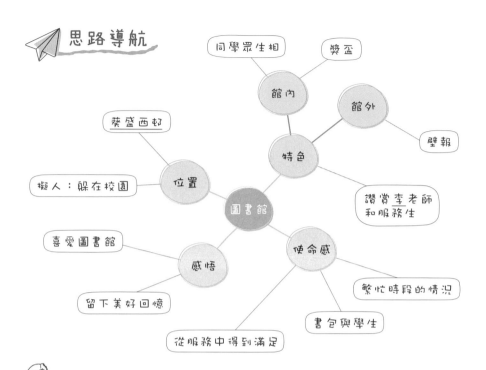

同學眾生相　獎盃

館內

館外

葵盛西邨　　　　　壁報

特色

擬人：躲在校園　位置

圖書館

讚賞李老師
和服務生

喜愛圖書館

感悟　　使命感

留下美好回憶

繁忙時段的情況

從服務中得到滿足　書包與學生

校長爺爺點評

　　作者介紹校內圖書館，不單描寫了那兒
的環境、佈置，更描寫了圖書館主任、圖書
館服務生同心協力工作的情況。還有，同學們
上課前、小息中和午膳時間，都擠着去圖書館
看書的情景。作者把這些都描寫得很全面。

　　作者除了描寫圖書館的環境，還記述學
生的活動，為文章注入不少生氣，讀起來有如
身臨其境。

好詞補給站

沉甸甸	翩翩起舞	花草樹木	目不轉睛	三五知己
竭盡全力	閃閃生輝	精明能幹	同心協力	井井有條
車水馬龍	全神貫注	整整齊齊	麻雀雖小，五臟俱全	

 好句補給站

關於圖書館的句子

• 圖書館門外，書包櫃擺放同學一個個沉甸甸的巨石，門內，一位位同學全神貫注地坐在座椅上看書。

• 每個早上，我都在圖書館度過，度過我的開心時刻，度過我的學習時光，度過我的美好童年。

 小練筆

你會引用哪一個句子，取代第 3 段中「讀書百遍，其義自見」一句？試把句子抄寫下來，並略作說明。

寫作提示

我們在寫作過程中可能會想起某些句子，只要能配合前後內容加以描述，讀者即可明白引用的理由。我們亦可以引文作為聯想的基礎，用自己的文字拓展引文沒有提到的事物，寫出比原文更豐富的內容。

我們的校園

組織及寫作手法

開首（第1段）：從日常上學情況入題，描寫校長、老師和同學。

正文（第2段）：描寫操場大樹隨季節轉變，觸發對即將畢業的感慨。

① 對照：描寫及對照大樹在夏天和秋天時的情況，令大樹的季節變化更明顯。

② 結構嚴密：從形容時間的「轉眼」過渡至下一段描述方位的「轉身」，令前後段落連貫。

佳作共賞

　　背起書包，迎着晨曦，我踏着輕盈的腳步，走進校園。迎面而來的是帶着笑容且和藹可親的校長、老師們和活潑可愛的同學們。

　　操場旁有一棵挺拔的大樹，它總是抬頭挺胸地迎接上學的同學，彷彿在說：「同學們！要努力學習啊！」①酷暑時，在它強壯、龐大的樹幹支持下，成蔭綠葉的庇護下，同學總會在樹下清爽地度過炎熱的夏天。每到秋高氣爽時，那枯萎的樹葉，片片落下，綻放屬於秋天的熱情。今年秋天來臨的時候，我也踏上嶄新的中學學習旅程。想到此，多愁善感的我心中真是百感交集，無數的回憶在腦海浮現，②六年的小學生涯怎麼一轉眼就過去了呢？

②轉身往後看，寬闊的操場呈現眼前。③臨近畢業，操場掛滿五彩斑斕的小風車，為嚴肅的教學環境添上幾分生氣。一眼望去，腦海浮現了許多美好的畫面，體育課和同學一起做艱辛的體能訓練、一起踢永遠不進龍門的足球，一起歡樂地扔飛盤⋯⋯為百般枯燥的學習生活，增添了一筆濃墨重彩。

這就是我們的校園，它在無聲的歲月中為我們創造一幅幅美好的畫面，使我們在之後的人生道路上充滿了欣喜和向上拼搏的決心。

正文（第3段）：描寫操場佈置，回憶校園生活的點滴與感受。

③借景抒情：透過描寫操場，抒發對過往枯燥與精彩生活的百感交集。

 升級貼士

未有相關描寫可見教學環境嚴肅或學習生活百般枯燥，可以適量描寫室內環境或色彩單調的景物，以加強襯托或對比效果，令文章更立體生動。

總結（第4段）：歸納對校園的美好印象，表示校園使人生充滿欣喜、充滿向上拼搏的決心。

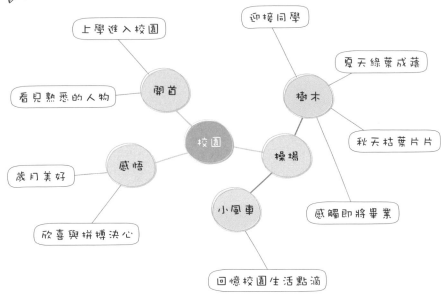

校長爺爺點評

　　第1段描寫進入校園時的情況，第2段描寫校園的大樹，都恰到好處。第3段進一步描寫操場的畢業佈置和在操場上的活動情景。結語一句「這就是我們的校園」，使人覺得這是一個美好的地方，是令同學在此學習和休憩的一個好場所。

好詞補給站

晨曦	挺拔	嶄新的	迎面而來	抬頭挺胸
秋高氣爽	百感交集	五彩斑斕	幾分生氣	百般枯燥
濃墨重彩	人生道路	向上拼搏	美好的畫面	無聲的歲月

 好句補給站

關於盡情的句子

* 一眼望去，腦海浮現了許多美好的畫面，體育課和同學一起做艱辛的體能訓練、一起踢永遠不進龍門的足球，一起歡樂地扔飛盤……

* 只要做的是自己最喜歡的事，犧牲的就不是犧牲，放棄的理由也不是理由。

 小練筆

校園有哪個地方令你覺得很嚴肅？這個地方是怎樣的？為甚麼令你有嚴肅的感覺？試加以描寫。

＿＿＿＿＿＿＿＿＿＿＿＿＿＿＿令我覺得很嚴肅，＿＿＿＿＿＿＿＿＿＿		

寫作提示

一切地方難以用一個詞語概括，例如七彩繽紛的地方可能有黯然失色的角落。描寫時我們可以在一個段落集中描寫一種特點，在數個段落呈現事物的不同面貌。

19 新西蘭小徑遊

組織及寫作手法

 佳作共賞

開首（第1段）：藉描寫空氣、鳥聲及樹影入題，揭曉描寫對象。

正文（第2段）：描寫小徑的花木。

① 明喻：以色彩及形態為線索，把大樹比喻為穿迷彩服的士兵在護送自己，用字準確具體。

② 借喻：把鮮花比喻為水，按照不同的動態分別比喻成「花浪」、「浪花」及「花海」，簡潔地呈現了鮮花的變化，令鮮花的動態更鮮明。

正文（第3段）：描寫湖泊的動物。

③ 定點描寫：從近至遠描寫湖泊，並透過附近的小動物扣連，描寫細緻，令環境層次清晰，讀者更容易理解同學的獨特描述。

舒爽的空氣，妙曼的鳥聲，婆娑的樹影，陪伴我首次踏上這條位於新西蘭的小徑。

① 小徑兩旁豎立着，像穿上迷彩軍服的士兵夾道護送我。② 我漫步向前，微風過處，瞥見一片又一片花浪簇擁而來，紅的、白的、黃的……彩色的浪花！遠眺風車在轉，誤以為風車吹動花海來迎接我呢！

③ 我翻過一座又一座高山，來到美麗的湖泊。湖面波光粼粼，近岸處苔蘚蔓生，小青蛙從石上躍入水中，泛起了圈圈漣漪；湖心處黑天鵝聯羣徜徉，悠然自得；遠處數隻信天翁翱翔天際，儼如表演花式飛行。

　　信天翁舞動的下方，正是晚間我們休息的城鎮。城鎮依山而建，居高臨下，小屋三五成羣地座落山腰各處，村民在窄長的山路上熙來攘往，儼然是辛勤的螞蟻在搬運糧食，一片生機勃勃的氣象。

　　登上小鎮，極目斜陽餘暉，天際頓變澄藍，心中不禁唸起：「夕陽無限好，只是近黃昏。」

正文（第4段）：描寫即將到達的城鎮。

寫景 城鄉蹤跡

總結（第5段）：抵達小鎮，以夕陽餘暉暗示天色已晚。

升級貼士

目前文章基調是愉快，到了結尾引句前可以透過仔細描寫夕陽景色作鋪墊，把愉快昇華成感動、不捨、圓滿等；也可以反過來表達悲傷、遺憾或無奈。

思路導航

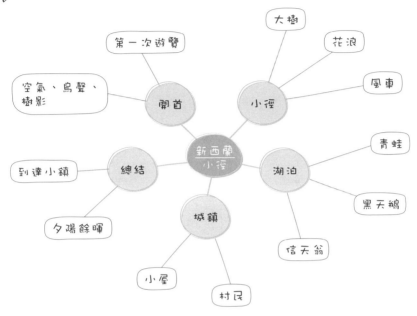

校長爺爺點評

　　小徑環境幽美，引人入勝，可惜文章太短了，讀者受文章吸引，欲繼續跟隨作者的筆蹤漫遊，但瞬即結束。倘每個地點、每個景色都能多寫一點，如第2段記述遠眺風車，可以細緻地描寫風車的位置、數量、造型、顏色等；也可以記述自己和家人或遊人的活動、反應、感受……令內容更充實。

好詞補給站

豎立	瞥見	徜徉	漫步向前	微風過處
簇擁而來	波光粼粼	苔蘚蔓生	圈圈漣漪	悠然自得
翱翔天際	居高臨下	熙來攘往	生機勃勃	斜陽餘暉

好句補給站

關於湖水的句子

- 湖面波光粼粼，近岸處苔蘚蔓生，小青蛙從石上躍入水中，泛起了圈圈漣漪。

- 倚欄望雨，祈求人海退，潮水漲，讓萬物再次陪我們傾聽雨水聲。

小練筆

有人認為「夕陽無限好，只是近黃昏」意思是：夕陽美好，只可惜快要消失；也有人認為意思是：夕陽美好，正正是因為快要消失才特別美好。看到美好景色快要消失，你會有甚麼感受？試簡單描寫。

看到美好景色快要消失，我會覺得＿＿＿＿＿

＿＿＿＿＿＿＿＿，因為＿＿＿＿＿＿＿

＿＿＿＿＿＿＿＿＿＿＿＿＿＿＿＿＿＿

＿＿＿＿＿＿＿＿＿＿＿＿＿＿＿＿＿＿

＿＿＿＿＿＿＿＿＿＿＿＿＿＿＿＿＿＿

＿＿＿＿＿＿＿＿＿＿＿＿＿＿＿＿＿＿

＿＿＿＿＿＿＿＿＿＿＿＿＿＿＿＿＿＿

寫作提示

對客觀景物加入個人感情色彩，會令讀者更能明白作者選材的用意。例如夕陽同時存在「美好」和「短暫」的象徵意義，要對哪一點加以描寫，或兩者兼得，或另闢新意，完全取決於作者想表達的意思。

20 花蓮公園遊

 佳作共賞

 升級貼士

運用排比描寫景物時，可以在交代客觀資料外，加入主觀情感或更多細節，避免簡單用四字詞概述，將景物陳列堆砌，走馬看花。

　　暑假的一天，爸爸帶過我到花蓮公園遊玩。回家後，那一幕幕情景不斷浮現在我眼前，讓人難以忘懷。

　　甫進公園大門，淡淡花香撲鼻而來，色彩繽紛的花圃映入眼簾。花兒千姿百態，像花枝招展的小姑娘綻開笑臉，似乎在迎接我們到來。而綠草如茵的大草坪像一塊大地毯，如此景致，真叫人心曠神怡。

　　沿長長的石徑往前走，我們發現兩旁種滿了高大的白楊，像士兵一樣整齊地排列，而前面則是遊樂園。我玩了一個又一個遊樂設施，有驚險刺激的碰碰車，有帶來歡樂的旋轉木馬，有讓人頭昏眼花的轉椅等，真是多不勝數，百玩不厭呢！

離開了遊樂園，我們忽然眼前一亮，因為前面有如明鏡似的池塘，在陽光的照射下顯得波光粼粼。池中有很多色彩斑斕的魚兒，有的在自由自地游來游去，有的在高興地捕食，有的不時躍出水面，濺起細小的浪花，還有一尾若隱若現、色彩奪目的魚兒鼓起眼睛在水中吐泡泡，那模樣真的可愛極了！① 池塘的左邊是一座奇形怪狀的假山，遠遠望去，像一堆熊熊燃燒着的火焰。右邊是一尊美麗的仙女雕像，她雙手各托着一朵蓮花，面帶笑容，凝視着遠方。雕像下面還有一個小噴池，② 從噴泉吐出一顆顆珍珠，真是美不勝收啊！

② 我東看看，西瞧瞧，意猶未盡。金燦燦的太陽慢慢下山了，我懷着依依不捨的心情離開，不由感歎，時間過得真快啊！

正文（第4段）：描寫池塘可見的景物。

① 比喻：將池塘旁的假山明喻成火焰，使山水火等元素巧妙地融為一體，令畫面豐富。而把水花借喻為珍珠，亦能簡潔地描寫出畫面的美態，明確對照出池塘左右的異同。

總結（第5段）：描寫太陽下山，表達時間流逝，抒發個人的不捨與感歎。

② 疊詞：在文末運用疊詞寫人寫景，呼應並推進上段結尾的聲律效果，更見人物形象及景物特色。

寫景　城鄉蹤跡

20 花蓮公園遊

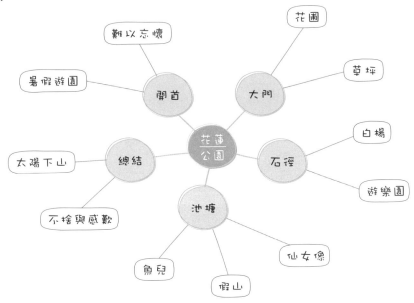

校長爺爺點評

　　作者描寫遊公園的經歷，由入門口開始，景致美麗。再沿着石徑前行，到達遊樂園，看見碰碰車、旋轉木馬、轉椅等。離開遊樂園後，風景更美，作者選取池塘的魚兒和雕像詳細描寫，描述生動逼真，細緻具體，十分出色。最後記述太陽下山，依依不捨地離開。

　　作者描寫有序，以四年級學生來說，寫得很出色。

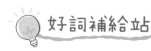

好詞補給站

白楊	難以忘懷	撲鼻而來	映入眼簾	千姿百態
花枝招展	綻開笑臉	心曠神怡	眼前一亮	若隱若現
色彩奪目	奇形怪狀	熊熊燃燒	美不勝收	意猶未盡

好句補給站

關於噴泉的句子

- 右邊是一尊美麗的仙女雕像，她雙手各托着一朵蓮花，面帶笑容，凝視着遠方。雕像下面還有一個小噴池，從噴泉吐出一顆顆珍珠，真是美不勝收啊！

- 當噴泉濺進我們的眼睛，支離破碎的雕像不再因憔悴和疲累而沉睡。泉水下的雕像，美麗得像夢想一樣，想跟我們談論宇宙。

小練筆

假如你是作者，你會怎樣描寫遊樂園的設施？試擴寫原文第 3 段。

有驚險刺激的碰碰車，＿＿＿＿＿＿＿＿＿

＿＿＿＿＿＿＿＿＿＿＿＿＿＿＿＿＿；

有帶來歡樂的旋轉木馬，＿＿＿＿＿＿＿

＿＿＿＿＿＿＿＿＿＿＿＿＿＿＿＿＿

＿＿＿＿＿＿＿＿＿＿＿＿＿＿＿＿＿；

有讓人頭昏眼花的轉椅，好像每轉一圈都能幫

我們轉個身份，再換個靈魂。

寫作提示

排比是描寫一個畫面中幾種景色的好方法，但如果可以在大環境中記下小細節，或是加上自己對描寫對象的感想，即可令描寫更精彩豐富。

21 太平山

開首（第1段）：描寫在尖沙咀看到的太平山景色，以摩天大廈和日光襯托太平山的特色。

升級貼士

開首有兩個巧妙的明喻（翠玉大碗、石英柱），若能將其喻體調整，如把第二個比喻統一為飲食相關的器物，會令開首的畫面更和諧一致。

正文（第2段）：描寫乘車到達山頂，觀賞凌霄閣、步行徑和標距柱。

① 擬人：把凌霄閣比擬作正向來賓敬酒的古代酒器，喻體與前文翠玉大碗一致，增加趣味，並建立山頂歡迎遊人、客氣恭敬的氛圍。

② 通感：把標距柱的傷痕與紫砂茶壺的餘香相通起來，突破日常的體驗，使讀者別有感受。

正文（第3段）：描寫小徑的風景。

佳作共賞

　　從尖沙咀往維多利亞港方向眺望，太平山巍然聳立在香港島之上，儼然如翠玉大碗倒扣在餐盤之上。港島摩天大樓林立，彷彿一支支石英柱挺拔而起，反射出璀璨日光，將太平山映照得更碧綠。

　　我家乘車通過紅磡海底隧道，穿越中環鬧市，攀爬蛇行山道，來到山頂的凌霄閣。①凌霄閣矗立山上，狀如中國古代典雅酒器，向來賓敬酒。我沒有進去，因為我更愛山上的清風。沿山頂環迴步行徑走，兩旁大樹參天，②標距柱給風吹雨打得傷痕纍纍，猶如紫砂茶壺上的一抹茶垢，添上古舊餘香。

　　沿着小徑蜿蜒前行，綠樹林蔭使空氣格外清新。綠樹間夾雜着野花，芳香撲鼻，紅的、黃的、紫的、白的……猶如綠色腰帶上鑲嵌着各種閃爍的寶石，美輪美奐。

時近黃昏，我們緩步下山，天邊塗上一片紅霞。③天際雲彩驟變，時而像富貴貓，時而像北京狗，時而像白海豚……色彩映照到樹梢旁的蛛網上，折射出幻變不定的光芒。偶爾傳來纜車疾行而過的鏗鏘聲，配上山溪淙淙的流水聲，和應小鳥悅耳的歌聲，彷如大自然合奏的《快樂頌》，為我的別去送行。

太平山美景，是香港的美麗畫布。都市的燦爛光華，要鑲在太平山上，才能綻放出「東方之珠」的動人魅力。

正文（第4段）：描寫黃昏緩步下山的沿途景色。

③ 排比／明喻：排列出三種比喻以表達雲彩變化，令讀者想像到雲彩的瞬息萬變，並調整段落節奏。

總結（第5段）：以暗喻將抽象的美景轉化為具體的畫布，總結太平山的象徵意義與美態。

寫景 城鄉蹤跡

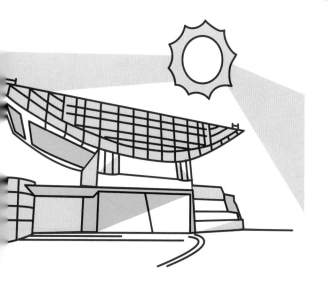

21 太平山　　83

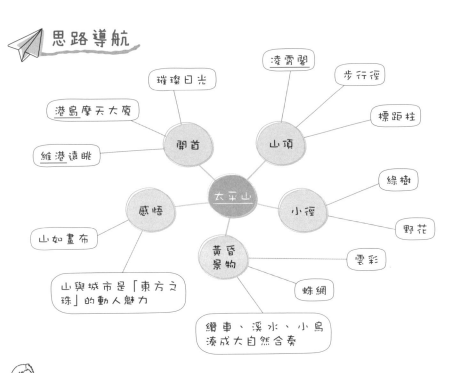

思路導航

- 開首
  - 璀璨日光
  - 港島摩天大廈
  - 維港遠眺
- 山頂
  - 凌霄閣
  - 步行徑
  - 標距柱
- 小徑
  - 綠樹
  - 野花
- 黃昏景物
  - 雲彩
  - 蛛網
  - 纜車、溪水、小鳥湊成大自然合奏
- 感悟
  - 山如畫布
  - 山與城市是「東方之珠」的動人魅力

太平山

校長爺爺點評

作者先描寫眺望太平山的風景，然後記述過隧道、上山，再沿環山小徑步行，寫出花香撲鼻、野花美麗的景色。到了黃昏，作者緩步下山，踏上歸途，更讚歎太平山與都市的燦爛景象融而為一，讓香港成為「東方之珠」，散發動人魅力，可謂一氣呵成。

作者如在步行小徑途中，多介紹俯瞰維港美景，內容將更充實和精彩。

好詞補給站

清風	巍然聳立	摩天大樓	璀璨日光	大樹參天
傷痕纍纍	蜿蜒前行	綠樹林蔭	格外清新	時近黃昏
天際雲彩	幻變不定	疾行而過	燦爛光華	動人魅力

好句補給站

關於標誌性建築的句子

- 太平山巍然聳立在香港島之上，儼然如翠玉大碗倒扣在餐盤之上。
- 凌霄閣矗立山上，狀如中國古代典雅酒器，向來賓敬酒。
- 標距柱給風吹雨打得傷痕纍纍，猶如紫砂茶壺上的一抹茶垢，添上古舊餘香。

小練筆

如果要把第 1 段描寫的摩天大樓，比喻成與飲食相關的東西，你會寫甚麼？

摩天大樓彷彿

　　　　　　　　　　　　　　　　　　　　　　　　　　。

寫作提示

運用比喻時，若能在相關的文句統一以相關的事物作為喻體，不但能令畫面和諧一致，更能透過本體和喻體呈現事物之間的關係，令文章結構緊密。

寫景 城鄉蹤跡

22 遊年宵市場

佳作共賞

在我的記憶中，令我最難忘的一天就是遊年宵市場。記得那一天，我們一家四口一起到了 <u>維多利亞公園</u>年宵市集。只見當時人山人海，水泄不通，同時也能聽到從遠處發出來的喝采及笑聲。

好不容易擠了進去，我驚呆了：人多得連針線都插不進去。經過一間花卉店，我看到了很多人在排隊買花。我上前瞄了一眼，那裏有很多美麗的鮮花，例如：萬紫千紅的菊花、雪白的水仙……於是，我馬上拉着家人去看看有甚麼鮮花適合我們。突然，我發現了一棵雪白而鑲有淺藍花邊的紫羅蘭。①這棵紫羅蘭散出的香味猶如夏日的一杯冰水，冬天的一件毛衣，使人十分舒服、愉快……②而它那潔白的花瓣彷彿是芭蕾舞裙，讓人有一種單調卻不失優雅的感覺，同時也象徵和平、純潔、正義……我毫不猶疑地把它買了下來。

轉眼間，我和家人到了美食區。頓時，一股香味撲鼻而來，我向前一看，發

現食物多如牛毛，種類繁多。③而我最喜歡的是熱乎乎的煎堆，那金黃酥脆的外皮像是一間房屋保護內餡，它頭上的小芝麻數不勝數，發出的香味更令人胃口大開。想到這我不禁垂涎三尺，於是買了一個煎堆吃了起來，它甜中帶鹹，鹹中帶鮮，果然味道還是沒有變啊！

　　老闆的叫聲像海上的波浪般大，相隔很遠都能聽得到。好奇心驅使下，我決定去看看發生了甚麼事。聞聲而來的我到了乾貨區，那裏有限定版的牛年小掛件，上面是一串透明的玻璃珠串，中間連接一個可愛的牛年玩偶，既有趣，又獨特。因此我買了幾件回家，打算把它掛在書包上。

　　在回家路上，我看看買回來的東西，不禁讚歎：之前以為年宵市場賣的貨品很少，卻沒想到原來種類多到使我讚歎不絕，這次真是對年宵市場大有改觀了！

 升級貼士

雖然在文章開首設定了一家四口，但家人對後文的影響太小，彷彿可有可無。如果能在描寫時加入或代入其他家庭成員的角度，會開闊文章的觀察視野，令描寫更深入廣闊。

正文（第4段）：描寫乾貨區的掛件。

總結（第5段）：藉市場買來的貨品表達對年宵市場的讚歎。

寫景　城鄉蹤跡

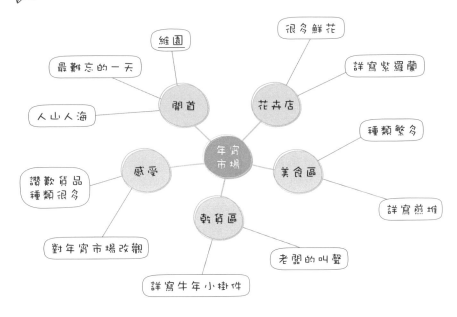

年宵市場一般都設有售賣年花的濕貨區，售賣新年飾物、玩具和家庭用品的乾貨區，售賣食品的美食區。作者並不遺漏描寫得很清楚，給讀者一個十分全面的感覺。結尾時作者道出對年宵市場的改觀，着實不錯。

好詞補給站

年宵市場	人山人海	水泄不通	瞄了一眼	萬紫千紅
不失優雅	毫不猶疑	多如牛毛	金黃酥脆	數不勝數
胃口大開	垂涎三尺	甜中帶鹹	聞聲而來	讚歎不絕

 好句補給站

關於植物的句子

* 我發現了一棵雪白而鑲有淺藍花邊的紫羅蘭。這棵紫羅蘭散出的香味猶如夏日的一杯冰水，冬天的一件毛衣，使人十分舒服、愉快……而它那潔白的花瓣彷彿是芭蕾舞裙，讓人有一種單調卻不失優雅的感覺，同時也象徵和平、純潔、正義……

* 待風雨過後，我們依舊種栗樹，樹上荊棘鳥的歌聲卻不知在何處。

 小練筆

假如要你描寫家人在年宵市場的情況，你會怎樣寫？

寫作提示

描寫文不一定只能從主角的角度出發，可以加入不同角色，描寫對事物的不同觀感，令描寫內容更深刻。

寫景 城鄉蹤跡

23 川流不熄

開首（第 1 段）：直接描述雕塑的位置。

正文（第 2 段）：描寫對雕塑的第一印象及遊人反應。

① 比喻：把雕塑借喻成彩虹，並進一步把彩虹暗喻成會翻起波濤的河流，令雕塑與彩虹在全文密不可分，在描寫時創造出更多想像的變化。

正文（第 3 段）：描寫雕塑的整體結構。

 升級貼士

描寫景物，除了描繪景物的狀態，還可以加插觀察者（自己或其他人）的感受、反應或評價。比起簡單直接地形容為「好看」、「好聽」或「好吃」等，不妨描寫人物與景物之間的互動，再帶出感受。

正文（第 4 段）：描寫無風時的雕塑。

佳作共賞

中環碼頭旁，架起了叫人耳目一新的懸空活動雕塑「川流不熄」。

當我步進展覽會場，① 一道懸浮在空中的彩虹映入眼簾。大風吹過，彩虹翻起波濤，變成七彩繽紛的河流，人們紛紛舉起照相機，拍下河流在空中流動的奇景。

我定睛一看，只見一張透明的網，被兩旁的柱子撐開，呈長方形。數以千計，五顏六色的彩帶懸掛於絲線之下。只要有風吹來，帶動彩帶，牽動網身，隨風飄揚，便如波浪般擺動，然是好看！

風勢不同，「川流不熄」會展現不同風姿。風靜了，作品成了倒掛的彩虹，彩帶排列有如軍服的迷彩圖案，但仔細觀察，② 彩網身上彷彿有一隻手，從國金二期伸過來，向我張開五指，好像要把我捉住，叫我有孫悟空飛不出釋迦五指山的感覺。

微風吹過，彩網輕微擺動，彷彿一片花海，花兒紛紛向我們點頭，對遊人的欣賞表示謝意。③陽光偶爾穿過白雲，從彩帶間瀉下，作品剎那間變成一串彩鑽手鏈，在舞孃腕上晃動，閃閃生輝，搖曳生姿。

忽然狂風大作，我不得不按下太陽帽，舉頭看彩網激動的模樣。彩網劇烈搖動，上下擺幅更大，霎時間變成一條飛龍，飛龍在天，神龍擺尾，掀動羣眾的情緒，不少人高聲歡呼。大風過後，飛龍又靜下來撫摸着我，轉眼又變成了彩色的瀑布，沖灑下來，叫我感到說不出的舒適愜意。

離開時，「川流不熄」隨風擺動彩帶上的手，我也揮手道別。

②擬人：把彩網轉化為人，擁有身軀和把人捉住的手；並把自己和作品的體積差異，以釋迦定悟空的小說情節表達出來，使感受形象化。

正文（第5段）：描寫微風時的雕塑。

③暗喻：把作品比喻成舞孃腕上的手鏈，令作品更有舞蹈般的動態，引發讀者聯想。

正文（第6段）：描寫狂風時的雕塑。

總結（第7段）：想像與雕塑互相道別。

思路導航

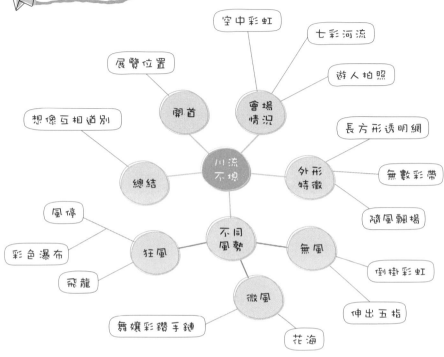

校長爺爺點評

作者能把活動雕塑「川流不熄」描寫得活靈活現，使未曾到過參觀的人也像親歷其境。文中能用上適當的形容詞，令文章更見充實生動。

好詞補給站

耳目一新	翻起波濤	定睛一看	數以千計	五顏六色
隨風飄揚	微風吹過	閃閃生輝	搖曳生姿	狂風大作
飛龍在天	神龍擺尾	舒適愜意	揮手道別	釋迦五指山

 好句補給站

關於陽光的句子

- 陽光偶爾穿過白雲，從彩帶間瀉下，作品剎那間變成一串彩鑽手鏈，在舞孃腕上晃動，閃閃生輝，搖曳生姿。
- 當太陽出現，希望你吸取日光；霧靄時，但願你釋放陽光。

 小練筆

試擴寫本文第 3 段結尾，例如描繪作者與雕塑的互動、作者對雕塑的想法等，使文章更生動。

> 改寫：只要有風吹來，帶動彩帶，牽動網身，
> 隨風飄揚，便如波浪般擺動，＿＿＿＿＿＿＿
> ＿＿＿＿＿＿＿＿＿＿＿＿＿＿＿＿＿＿＿
> ＿＿＿＿＿＿＿＿＿＿＿＿＿＿＿＿＿＿＿
> ＿＿＿＿＿＿＿＿＿＿＿＿＿＿＿＿＿＿＿
> ＿＿＿＿＿＿＿＿＿＿＿＿＿＿＿＿＿＿＿
> ＿＿＿＿＿＿＿＿＿＿＿＿＿＿＿＿＿＿＿

寫作提示

可以想像觀看的不是雕像，而是海浪，說不定會有更新奇的描寫。

24 我眼中的梨木樹邨

開首（第1段）：表達自己對
屋邨的整體感受，引入下文。

正文（第2段）：描寫清晨景
色優美。

①擬人：把陽光透射轉化為
敞開雲霧的動作、日出比擬
為醒來，令太陽的形象更有
趣味。

正文（第3段）：描寫清晨眾
生相。

正文（第4段）：描寫公園旁
邊的大樹。

②擬人：透過擬人令綠葉和
清風兩種物象建立互動，使
段落中描寫的景物不只是各
自存在，而是令整體畫面統
一，有流動之美。

 升級貼士

描寫景物時要避免過量運用
套語、近義詞，描述相近甚
或重複的特點。例如大樹的
形態不只是高、綠葉的特色
不只是綠等等。

📖 佳作共賞

　　我眼中的梨木樹邨是一個既熱鬧，又
讓人心曠神怡的地方。

　　旭日東升，晨光熹微。①隨着鳥兒的
鳴叫，朝陽悄悄敞開雲霧，從中無聲無息
地醒來。陽光照耀大地，鮮花迎着晨風擺
動，鳥語花香，生機勃勃。

　　清晨時分，人們漸漸從美夢醒來，長
者一位接一位到樓下晨練；莘莘學子結伴
同行上學；大人神采奕奕地上班，大家都
在迎接新的一天。四周的環境慢慢熱鬧起
來，但位於楓樹樓旁邊的公園便與之形成
了對比。

　　那處清靜悠閒，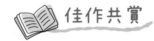在公園旁邊的參天
大樹枝繁葉茂，蒼翠挺拔。②搖曳多姿的
綠葉和應清風「沙沙」細語，粗大筆直
的樹幹直上青天，托着頭上的翠葉，就像
一把大綠傘，庇蔭人們。

　　右邊的涼亭在綠樹掩映中，顯得格外秀美典雅。涼亭頂是八稜形，旁邊各有四條紅棕柱支撐，在樹木的襯托下，景色像一幅古色古香的畫作，多麼的愜意啊！

　　③往裏面一看，一位身穿唐裝，手握長笛的老人，翹腿坐在亭中的長椅上。他提着脣邊的笛子，雙目低垂，雙脣輕啟，悠然古樸的樂曲由笛孔細細傳來。笛音清亮悠遠，婉轉縹緲，讓人陶醉其中，彷彿將人帶入仙境。

　　可是，這一切在很多人眼中只是普通不過的景色，大家平日都不以為意。但在我看來，與其白白讓這些景色在身旁一掠而過，不如好好觀察它們的美態吧！如此美麗的梨木樹邨，真希望能永存。

正文（第 5 段）：描寫公園涼亭。

正文（第 6 段）：描寫涼亭老人吹笛。

③人物描寫：從描寫涼亭帶到描寫涼亭老人，結構緊密；描寫亦細緻，從服飾寫到姿態，然後刻畫動作時有所細分，從雙手到眼睛再到嘴脣，景中有人，人景合一。

總結（第 7 段）：藉其他人對景色的不以為意，帶出自己對景色的珍惜，並祈望美景永存。

24 我眼中的梨木樹邨

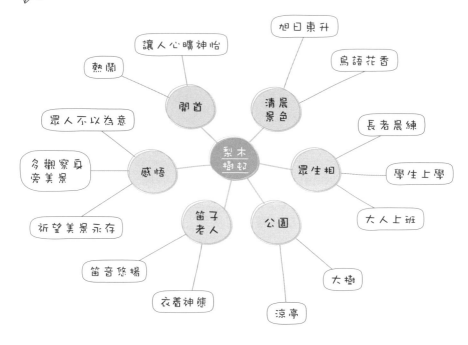

思路導航

- 梨木樹邨
  - 開首
    - 讓人心曠神怡
    - 熱鬧
  - 清晨景色
    - 旭日東升
    - 鳥語花香
  - 眾生相
    - 長者晨練
    - 學生上學
    - 大人上班
  - 公園
    - 大樹
    - 涼亭
  - 笛子老人
    - 笛音悠揚
    - 衣着神態
  - 感悟
    - 眾人不以為意
    - 多觀察身旁美景
    - 祈望美景永存

校長爺爺點評

作者憑着一支筆桿，將家居或是學校所在地——梨木樹邨，一般人以為普通不過的地方，描寫得生動又吸引，是一篇值得一讀的文章。

好詞補給站

旭日東升	敞開雲霧	照耀大地	莘莘學子	神采奕奕
清靜悠閒	搖曳多姿	綠樹掩映	秀美典雅	古色古香
悠然古樸	細細傳來	清亮悠遠	婉轉縹緲	不以為意

 好句補給站

關於清晨的句子

- 旭日東升，晨光熹微。隨着鳥兒的鳴叫，朝陽悄悄敞開雲霧，從中無聲無息地醒來。

- 清晨時分，人們漸漸從美夢醒來，長者一位接一位到樓下晨練；莘莘學子結伴同行上學；大人神采奕奕地上班，大家都在迎接新的一天。

 小練筆

假如讓你改寫第 4 段，你會怎樣描寫公園大樹？

> 那處清靜悠閒，在旁的參天大樹_____
>
> _____
>
> _____
>
> _____
>
> _____

寫作提示

描寫景物時，如果能觀察到一些獨特之處或細節固然是好，但一些較常見、普遍的特色同樣可以寫得不平凡，例如直接表達作者對景物的個人感想、運用巧妙的修辭或寫作手法等。

25 颱風過後

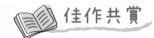

佳作共賞

升級貼士

文章中，敍事者的情感及思考可以隨情節發展而有所變化或昇華，但不宜出現太突然或關係薄弱的轉變。例如此處說颱風過後不能外出玩耍，會難以合理轉化為結尾對地球及危難的思考。

雨勢漸小，風勢減退，烏雲也消失了，吹襲了香港一整天的颱風已經離去。太陽隨遮擋的烏雲消失而出現，將陽光灑落大地。

我走到窗前，俯視滿目瘡痍的街道。① 栽種在路旁的大樹經不起颱風猛烈吹襲而連根拔起，倒在馬路間，好像病倒了，移走前車輛都不能通過，導致交通癱瘓。② 轉眼看到一些商店招牌掉落地上，一些搖搖欲墜。大廈旁的棚架也吹倒了，倒在街道上。有些大廈的玻璃窗吹破了，碎片吹到大廈內和街上。而大廈內很多東西吹到街上，街上的樹葉樹枝則吹進大廈。「唉……今天不能外出玩耍了。」我想。

我來到客廳，開啟了電視，新聞正報導香港各地災情。因下大雨，山石和土壤吸收了大量水分，所以岩石或土壤內部摩擦力降低，穩固性下降。③ 當斜坡上的引力較抗力強，斜坡亦會變得不穩固，造成

山泥傾瀉。山泥傾瀉使山區附近的房屋倒塌，造成人命傷亡。由於雨水未能快速地通過排水系統流走，造成水浸。水浸在杏花邨出現，阻礙車輛行駛，引致交通嚴重擠塞，影響民生。看見這些情況，我十分害怕外出時會遇到危險。不過，仍有很多熱心市民幫忙清理垃圾，打掃街道，盡市民的義務。

　　這次颱風造成嚴重傷亡和損失，希望大家都愛護地球，減少風災，更期盼人民能在危難中站起，一同重建家園。

正文（第3段）：描寫新聞報導各處災情嚴重及市民協助善後。

③ 排比：以結構較複雜的段落排比，配合頂真句，描寫山泥傾瀉、傷亡及水浸等情況的出現原因及關係，使描述更見客觀，段落更有節奏及緊湊。

總結（第4段）：總結颱風帶來破壞，期盼大家愛地球之餘更能在危難時重建家園。

寫景　自然風景

思路導航

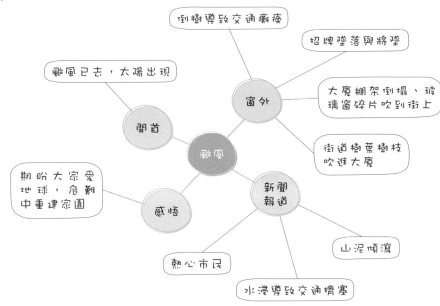

颱風

- 倒樹導致交通癱瘓
- 招牌墜落與將墜
- 窗外
  - 大廈棚架倒塌、玻璃窗碎片吹到街上
  - 街道樹葉樹枝吹進大廈
- 開首
  - 颱風已去，太陽出現
- 感悟
  - 期盼大家愛地球，危難中重建家園
- 新聞報道
  - 山泥傾瀉
  - 水浸導致交通擠塞
  - 熱心市民

校長爺爺點評

　　作者把颱風過後的景象描寫得淋漓盡致。她除了把觸目所及的街道描寫出來，還聰明地透過電視新聞報道交代其他地區的情況，把颱風帶來的廣泛破壞呈現出來。

　　文中結尾道出颱風的禍害，呼籲大家要愛惜地球，留下反思空間，值得稱讚。

好詞補給站

遮擋	穩固	灑落大地	滿目瘡痍	猛烈吹襲
連根拔起	交通癱瘓	搖搖欲墜	各地災情	山泥傾瀉
房屋倒塌	嚴重擠塞	熱心市民	嚴重傷亡	重建家園

好句補給站

關於風雨的句子

* 栽種在路旁的大樹經不起颱風猛烈吹襲而連根拔起，倒在馬路間，好像病倒了。

* 當斜坡上的引力較抗力強，斜坡亦會變得不穩固，造成山泥傾瀉。山泥傾瀉使山區附近的房屋倒塌，造成人命傷亡。由於雨水未能快速地通過排水系統流走，造成水浸。

* 山海蒼蒼，雨點崩裂，滿城風雨後，依舊望星宿。

小練筆

你會在第 2 段結尾的引號內寫下甚麼，讓這句心裏話與最後一段的感悟互相呼應？試改寫原文。

「

」我想。

寫作提示

可按照全文的主題、中心思想以及末段談及的話題，寫下正文中的自言自語或思想感情。例如末段提及「嚴重傷亡」、「愛地球」、「危難」、「重建」及「家園」等內容，正文中的句子亦應與這些關鍵字相關。

26　雨

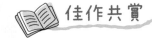

佳作共賞

　　清晨時分，一陣陣漸漸瀝瀝的聲音喚醒了還在睡夢中的我。我揉了揉眼睛，往窗外一看，原來下雨了。

　　晨光伴隨微雨落在綠油油的大地，花草紛紛探出了腦袋，小鳥在枝頭上愉快地唱起了歌，一切充滿生機。

　　我撑起了傘，踏着輕快的腳步，哼着愉快的曲子，獨在鄉間的小徑漫步，感受雨中的世界。雨中的空氣夾雜淡淡的檸檬味，十分清新。①雨點打在山間的小溪，發出叮叮咚咚的聲音，美妙而優雅；雨點打在遠處的山林，發出漸漸沙沙的聲音，悅耳且動聽。放下了雨傘，清涼的雨水打在身上，涼快極了！

　　不知不覺，雨水漸漸地停了，天邊出現了彩虹，太陽出來了！②地上的小水窪、枝頭上的露珠……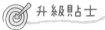原來是春雨留下的禮物呢！

　　我喜歡感受涼快的雨水，③也愛看春雨隨風潛入夜，潤物細無聲。感謝春雨，給我帶來了無數的歡樂和幸福！

正文（第4段）：描寫春雨過後的美好景色。

② 擬物：把春雨過後的景色轉化為春雨留下的禮物，令文句流麗而有趣，更能明白同學對春雨的喜愛。

 升級貼士

文章能緊扣「雨」的主題安排材料，若進一步描寫「春雨」的獨有特色，或配合帶有春天氣息的景物，會令最後兩段從雨水延伸至春雨更自然流暢。

總結（第5段）：抒發對春雨的喜愛和感謝。

③ 引用：暗引杜甫詩句描寫春雨特色，帶出對春雨潤物等特色的感謝，使文章結尾言簡意賅。

寫景　自然風景

26 雨

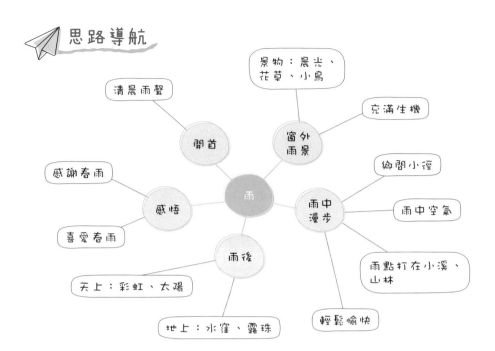

校長爺爺點評

作者描寫雨，只集中描寫春雨，是一個靈活的做法。

他既用了窗外賞雨景，又用了雨中漫步寫感受，加上適當的形容詞，如「淅淅瀝瀝」、「淅淅沙沙」的聲音；地上的小水窪、枝頭上的露珠，都寫得不錯。最後加入描寫春雨「隨風潛入夜，潤物細無聲」，增加文章韻味。

六年級文章，字數可以多一些，倘能加入一些字句，如「大地充滿生機，農人們又忙着春耕……」等，可使內容豐富一點。

好詞補給站

喚醒	枝頭	撐起	哼着	山間
水窪	揉眼睛	漸漸地	淅淅瀝瀝	充滿生機
叮叮咚咚	淅淅沙沙	不知不覺	隨風潛入夜，潤物細無聲	

 好句補給站

關於春雨的句子

* 雨中的空氣夾雜淡淡的檸檬味，十分清新。

* 雨點打在山間的小溪，發出叮叮咚咚的聲音，美妙而優雅；雨點打在遠處的山林，發出淅淅沙沙的聲音，悅耳且動聽。

* 我喜歡感受涼快的雨水，也愛看春雨隨風潛入夜，潤物細無聲。感謝春雨，給我帶來了無數的歡樂和幸福！

 小練筆

試描寫一段與春天和雨水有關的文字。

寫作提示

遇到比較自由、創作空間比較大的寫作題目時，自行將文章的範圍收窄、為題目加入特定條件是避免文章散亂或離題的好方法。例如「雨」如果太抽象，可以集中寫「春雨」、「秋雨」或「暴雨」。只要考慮在此特定情況下，有哪些相應的景物會出現，配合「雨」的主題，即可寫出緊扣題目的好文章。

27 森林探祕

 組織及寫作手法

開首（第 1 段）：記述某年暑假與家人露營，並交代露營的準備工作。

正文（第 2 段）：指出營地的森林很神祕，令「我」不自覺走進去。

① 情節安排用心：在描寫森林前，仔細描寫進入森林前的情況，並以和媽媽的對答為文章作首尾呼應，令文章完整而連貫。

正文（第 3 段）：描寫進入森林後的所見所感。

② 疊詞：全文運用大量疊詞描述動作、感覺、色彩、聲音、味道及形態，令文章讀起來比較輕鬆，並使描述的事物更具體可感。

 升級貼士

可以根據森林特色或人物性格設計更獨特的描述，使森林顯得更神祕、隱祕，緊扣主題。

 佳作共賞

　　記得某年暑假，爸媽提議帶我們到郊外露營，我和哥哥都非常興奮。原來露營需要準備很多東西，除了露營設備外，還要準備大量食物。經過一輪準備工作後，我們終於帶着大包小包的行李出發了。

　　到達露營地點，旁邊青翠茂密的森林吸引了我，裏面好像藏有許多祕密似的。① 於是放下行李後，我便告訴媽媽想去附近走走看看，結果走進了這神祕的天地。

　　我一走進森林，② 便感到一陣陣涼絲絲。樹林非常清涼，滿山綠油油的葉子在微風中搖擺。我還看到一條清澈的小溪，嘩啦啦的流水聲彷彿正在演奏歌曲，歡迎我的到來。③ 我走到溪水旁邊，品嚐了一口，涼冰冰、甜蜜蜜的，好舒服！我

坐在溪邊凹凸不平的石頭上，嗅着清新的樹木香氣，享受徐徐清風，欣賞千姿百態的植物。還有許多不知名的小花點綴其中，偶爾還有幾隻蝴蝶翩翩起舞，我彷彿置身仙境，身處在綠色的國度中。

我在森林逗留了很久，突然下起了淅淅瀝瀝的細雨。我找了一個地方避雨，雨一會兒便停了，我想：反正身體有點濕，乾脆跳進小溪玩水。當我把雙腳放進水中，發現溪水變得更冰涼了。

我濕答答地回到營地，① 媽媽一直問我去了哪裏，我只是笑而不答。因為那是我心中的世外桃源，也是屬於我的小祕密。

③ 多感官描寫：能細緻描寫溪水的觸感、味道及樹木香氣，吸引讀者繼續閱讀，令所寫的情景更真實可感。

正文（第4段）：描寫下雨及雨後在小溪玩水。

總結（第5段）：記述回營，抒發對森林的感想。

寫景　自然風景

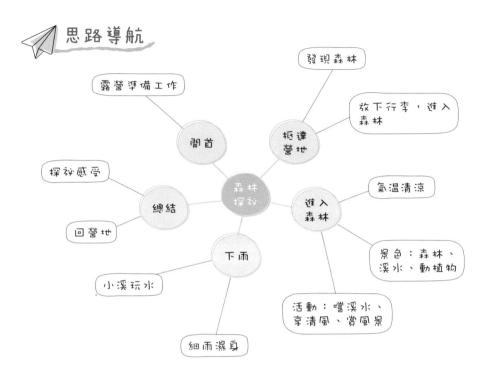

思路導航

- 發現森林
- 露營準備工作
- 開首
- 抵達營地
  - 放下行李，進入森林
- 探祕感受
- 總結
- 森林探祕
- 進入森林
  - 氣溫清涼
- 回營地
- 景色：森林、溪水、動植物
- 下雨
- 小溪玩水
- 活動：嘗溪水、享清風、賞風景
- 細雨濕身

校長爺爺點評

　　作者用輕鬆的手法，描寫進入森林前的準備，抵達營地的見聞，進入森林的感受，小溪玩水的情景，行文流暢，情節吸引。最後更將探祕經歷藏在心裏，增加神祕感，符合命題「森林探祕」的要求，是一篇很精彩的作品。

好詞補給站

涼絲絲	綠油油	嘩啦啦	甜蜜蜜	濕答答
大包小包	青翠茂密	走走看看	凹凸不平	徐徐清風
千姿百態	翩翩起舞	置身仙境	笑而不答	世外桃源

好句補給站

關於冰凍的句子

- 樹林非常清涼,滿山綠油油的葉子在微風中搖擺。

- 雨一會兒便停了,我想:反正身體有點濕,乾脆跳進小溪玩水。當我把雙腳放進水中,發現溪水變得更冰涼了。

小練筆

你想像中的森林探祕會見到或遇到甚麼特別有趣的事情?試改寫原文。

>   我一走進森林,便感到一陣陣涼絲絲。我看到＿＿＿＿＿
>
> ＿＿＿＿＿＿＿＿＿＿＿＿＿＿＿＿＿＿＿＿＿＿＿＿
>
> ＿＿＿＿＿＿＿＿＿＿＿＿＿＿＿＿＿＿＿＿＿＿＿＿
>
> ＿＿＿＿＿＿＿＿＿＿＿＿＿＿＿＿＿＿＿＿＿＿＿＿
>
> ＿＿＿＿＿＿＿＿＿＿＿＿＿＿＿＿＿＿＿＿＿＿＿＿
>
> ＿＿＿＿＿＿＿＿＿＿＿＿＿＿＿＿＿＿＿＿＿＿＿＿

寫景 自然風景

寫作提示

描寫時可像奇遇一樣加入故事創作元素,並每寫一段小情節時,都加入感官描寫。例如可寫故事中人物的所見所聞,也可以結合景物描寫與人物描寫。

28 春季的郊野

開首（第1段）：用擬人法帶出春季來臨，「我」和家人到郊外欣賞美景。

正文（第2段）：描寫公園裏到處都是春天的美麗景色，環境優美。

① 誇張：誇飾天空的遠近及雲彩的大小，刺激讀者想像，讓讀者對春季郊野看到的天空和雲彩有更深印象。

② 擬人／明喻：把春季和柳條轉化為春姑娘及小辮，將春風吹柳條比喻成跳舞的春姑娘，使沒有形體的春天變得親切。

升級貼士

可以為草地及天空構思色彩以外的特色，避免文句重複，例如可描寫躺在草地時的感覺、聲音或味道，春天時可能出現的蟲鳥或天色等。

佳作共賞

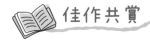

　　冬天剛剛過去，充滿生機的春天來了。於是我和家人來到郊野公園欣賞春天的美景，香港的郊野公園換上了春裝，春姑娘邁輕盈的步伐來到我們身邊。

　　郊野公園空氣新鮮，躺在綠油油的草地上仰望天空，蔚藍的天空出現雪白的浮雲。①上面的雲彩好像離自己不遠，一伸手即可以碰到似的。郊野公園一眼望去，到處春意盎然，春暖花開，遍地的野花香氣瀰漫。春天的顏色是五彩繽紛的，太陽是紅燦燦的，天空是蔚藍的，草地是綠油油的。在不遠處有小鳥在吱吱喳喳地叫個不停。②微風拂過，像春姑娘在撫摸我的肌膚。郊野公園有一棵柳樹長出嫩綠的柳條，像一條條小辮子。春風一吹，柳條四處搖擺，像一個少女正在跳舞。

　　欣賞完美景後，我們馬上拿出野餐布。媽媽帶了很多美食：有三明治、餅乾和沙拉等等，還擺上了我們帶來的零食和飲料。我們一邊吃一邊欣賞美麗的風景，在這愉快的氣氛中，我們度過了歡樂的下午。

正文（第3段）：描寫野餐的情況及愉快氣氛。

　　春天，動物們從沉睡中醒來，小草也開始發芽了，郊野公園顯現出欣欣向榮的景象。③我熱愛春天，春天就像一幅水彩畫，讓我們用心去感受大自然的美景吧！

總結（第4段）：讚美春天欣欣向榮，並抒發自己對春天的熱愛。

③頂真：在文章最後以頂真句表達自己愛春天的原因，帶出和強調文章描寫的主角，並配合押韻帶來重複的聲律效果。

寫景　自然風景

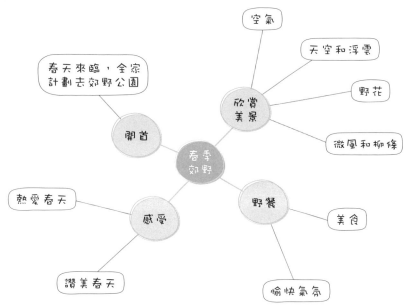

好詞補給站

蔚藍	嫩綠	發芽	輕盈的	不遠處
水彩畫	充滿生機	仰望天空	春意盎然	春暖花開
香氣瀰漫	微風拂過	春風一吹	四處搖擺	欣欣向榮

 好句補給站

關於美景的句子

* 我熱愛春天，春天就像一幅水彩畫，讓我們用心去感受大自然的美景吧！

* 我想畫下碧雲天的皓白，再為青草地寫下如詩的筆畫。

 小練筆

除了色彩描寫之外，還可以從哪些角度描寫春季的天空和草地？

> 天空：＿＿＿＿＿＿＿＿＿＿＿＿＿＿＿＿＿＿＿＿＿
>
> ＿＿＿＿＿＿＿＿＿＿＿＿＿＿＿＿＿＿＿＿＿＿＿＿
>
> ＿＿＿＿＿＿＿＿＿＿＿＿＿＿＿＿＿＿＿＿＿＿＿＿
>
> 草地：＿＿＿＿＿＿＿＿＿＿＿＿＿＿＿＿＿＿＿＿＿
>
> ＿＿＿＿＿＿＿＿＿＿＿＿＿＿＿＿＿＿＿＿＿＿＿＿
>
> ＿＿＿＿＿＿＿＿＿＿＿＿＿＿＿＿＿＿＿＿＿＿＿＿

寫作提示

描寫特定季節或時間的景色時，不妨加入當時的特色或獨有元素，以區分平常及特定的景色，展現景色的不同變化。

29 春天隨想曲

組織及寫作手法

開首（第1段）：記述坐在沙發望窗外，渲染春日舒適柔和的氣氛，奠定情感基調。

正文（第2段）：描寫鳥瞰公園的情景。

① 對比：比較今日與往日的情況，以路人數量與環境音量作對比，反映同學對公園不同情況的不同感受。

 升級貼士

描寫時應該有一定的描寫順序，避免描寫的景物過分散亂。以第2段的定點描寫為例，可按照由高至低或一高一低的順序、由近至遠或一近一遠的順序，亦可按景物性質決定順序，例如先寫植物再寫人物、先寫天色再寫設施等。

正文（第3段）：描寫公園散步時所見所感。

 佳作共賞

　　今天早上，我坐在沙發上望窗外，看見天空灰暗，偶爾有陣陣微風吹拂我的臉，令我感到舒服和清涼。

　　我從高處鳥瞰樓下的景色，樓下五彩繽紛的花兒聚集在一起，就像一幅彩色的畫。因為疫情的關係，①公園裏空無一人，所以十分寧靜；往日，公園總是人山人海，十分熱鬧。樹木長得很茂盛，一片片綠油油的樹葉映入眼簾。

　　我從家中走到公園散步，②嗅到從花園不同方向散發出的香氣，令我陶醉。我看到幾棵挺拔的樹木，綠油油的樹葉覆蓋在枝頭上，微風吹拂在樹葉上，發出沙沙

的聲音，像在用優美的嗓音在唱歌，而旁邊的小草也在唱和，組成了合唱團。蝴蝶在花叢飛舞，猶如舞台上放飛自我的舞者在跳舞，而蜜蜂勤奮地運送花蜜，像辛勤的園丁打掃花園。遠處的山是多麼雄偉，那麼高大，媽媽告訴我，這座山原來就是香港鼎鼎大名的獅子山。

「一日之計在於晨，一年之計在於春」，春天是萬物甦醒的季節，是風箏飛上天空的季節，也是小鳥回家的季節。③對我來說，春天是播種夢想的季節。我立志在春天出發，孜孜不倦地向前追夢去。

② 多感官描寫：描寫了花園香氣、風聲以及把動植物比擬為人，並透過明喻表達自己對有關景象的感受，使散步過程更具體，吸引讀者細讀。

總結（第4段）：引用梁元帝《纂要》名句總結全文，表達春天的各種意義，並闡述自己的志向。

③ 借景述志：透過全文的描寫、引用及排比，帶出春天對自己的意義，並立志從春天開始追夢，使文章結尾有思想內涵。

寫景　自然風景

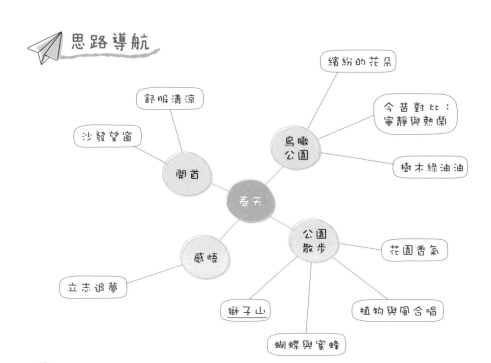

繽紛的花朵

舒服清涼

沙發望窗

開首

鳥瞰公園

今昔對比：寧靜與熱鬧

樹木綠油油

春天

感悟

立志追夢

公園散步

花園香氣

獅子山

植物與風合唱

蝴蝶與蜜蜂

校長爺爺點評

　　本文開首描寫作者坐在沙發往窗外望，微風吹拂臉上；他俯瞰公園，望見像彩色圖畫一般的風景，寫出悠閒的感覺。鏡頭一轉，作者來到公園散步，那裏有芬芳的香氣，一片綠茵，令人陶醉……最後借景述志，帶出鼓舞人心的深刻主題，十分有意思。如果再描寫在公園遇到其他遊人，描寫他們的衣着、心境等，內容更加充實。

好詞補給站

鳥瞰	噪音	飛舞	雄偉	立志
追夢	映入眼簾	放飛自我	鼎鼎大名	萬物甦醒
播種夢想	孜孜不倦	一日之計在於晨，一年之計在於春		

 好句補給站

關於歌唱的句子

* 我看到幾棵挺拔的樹木，綠油油的樹葉覆蓋在枝頭上，微風吹拂在樹葉上，發出沙沙的聲音，像在用優美的嗓音在唱歌，而旁邊的小草也在唱和，組成了一隊合唱團。

* 活在當下，盡情享受月光、白雪、櫻花和鮮紅的楓葉。縱情歌唱、暢飲，忘卻現實的困擾，擺脫眼前的煩憂。不再灰心沮喪，要像空心的南瓜，漂浮於涓涓細流。(淺井了意《浮世物語》)

 小練筆

你會按照怎樣的順序來描寫公園的景色？試以定點描寫或步移法改寫第 2 段。

寫景 自然風景

寫作提示

定點描寫是在固定位置，按一定順序描寫觀察的景物，例如一左一右、先局部後整體等。步移法則是隨位置移動，把所見的不同景物依照先後次序描寫出來。

30　我最喜愛的季節

開首（第1段）：用擬人法描寫最喜愛的春天。

① 擬人／對比：把春天和植物比擬為人，並以小草和大樹作對比，帶出大大小小的植物都因春天而慢慢甦醒，令擬人效果更鮮明，更能看見春天的特徵。

正文（第2段）：描寫春天小道上的景色。

② 呼告：在描寫景物時突然改變語氣，想像與讀者一同走在春天小道，以說話的方式呼喊，呈現鳥語的難忘及花香的突然。

正文（第3段）：描寫春天野餐的情況。

 升級貼士

段落中的內容要符合段旨，而段旨則要符合全文主題及主旨。例如描寫野餐的過程中需要透過更多與大自然相關的描述，以呈現春天野餐如何感受大自然生氣。

 佳作共賞

　　我最喜愛的季節是春天。① 美麗的春姑娘來了，一陣風吹過，小草探出了腦袋，大樹也悄悄長出了嫩芽……所有的植物和動物都慢慢甦醒了。

　　我走在充滿生機的小道上。春天的陽光格外明媚，春姑娘展開了笑臉，太陽紅紅的光束照過來，輕輕地撫摸我，像母親雙手溫暖而溫柔。微風拂過，平靜的水面翻起粼粼波紋。② 聽！小鳥嘰嘰喳喳的聲音既清脆悅耳又娓娓動聽，讓人留下難忘的印象。突然陣陣的花香隨風飄送，看！那邊大片的花海五顏六色，有清新的綠色、有溫柔的藍色、有熱情的紅色，還有可愛的黃色。

　　不僅如此，在春天野餐是最能感受到大自然帶給我們的生氣。上星期五，我和家人去野餐。那天是陰天，很清涼，我們去了人煙稀少的地方。爸爸擺好了野餐布，我們坐在上面望着天空。爸爸說起了他小時候的故事：「那天我……」爸爸說

完，媽媽則說和爸爸相遇的事。相遇的事他們雖然說過很多次，不過不知道為甚麼在大自然聽的故事會變得那麼動聽。突然傳來了「咕……」的聲音，原來是爸爸的肚子。看了一下時間也該吃午餐了，媽媽拿出香噴噴的美食，我們吃得津津有味。

　　歡樂的時光過得很快，我們收拾東西回家了，爸媽答應下次還會帶我來玩。

　　③我喜愛春天的春姑娘；也喜愛春天的小道；更喜愛和爸媽一起在春日野餐。

正文（第4段）：交代野餐結束。

總結（第5段）：層層推進，抒發對春天的喜愛。

③層遞：按遞升的規則，由淺到深，表達自己對春天相關事物的喜愛，使總結段引人入勝，令讀者更理解全文的組織結構，一氣呵成。

寫景
自然風景

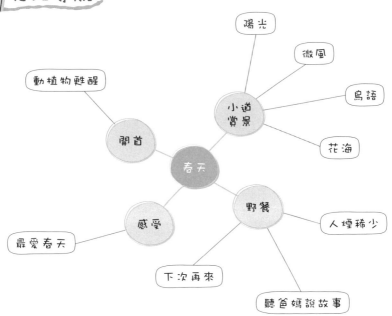

動植物甦醒

開首

春天

小道
賞景

陽光

微風

鳥語

花海

感受

野餐

人煙稀少

最愛春天

下次再來

聽爸媽說故事

👨‍🏫 校長爺爺點評

　　作者在首段以描寫春天到來、萬物甦醒喚起讀者的注意，繼而寫出在小道上感受「春天的陽光格外明媚」，「微風拂過，平靜的水面翻起粼粼波紋」，「小鳥歌聲清脆悅耳」，「花香隨風飄送」，都寫得不錯。

　　最後透過描寫春日野餐過程，道出對春天的喜愛，也寫得很好。

好詞補給站

甦醒	花海	清涼	清新的	溫柔的
熱情的	格外明媚	輕風拂過	粼粼波紋	嘰嘰喳喳
清脆悅耳	娓娓動聽	隨風飄送	人煙稀少	津津有味

 ## 好句補給站

關於鳥語花香的句子

* 聽！小鳥嘰嘰喳喳的聲音既清脆悅耳又娓娓動聽，讓人留下難忘的印象。
* 突然陣陣的花香隨風飄送，看！那邊一大片的花海五顏六色，有清新的綠色、有溫柔的藍色、熱情的紅色，還有可愛的黃色。
* 看一花一草一鳥一獸，學一吸一呼一輕一鬆。

 ## 小練筆

你會怎樣描寫在春天野餐的畫面？

寫作提示

先從「野餐」展開聯想，想起「野餐」會想起甚麼？將想像到的事物全部寫在白紙上，然後從中挑選或調整出適合「春天」出現的材料，按照合適的順序描寫出來。

「小練筆」參考答案

1 動物中的「鐵甲忍者」

蝸牛就像「行走的房子」，牠背着一個褐色的螺旋形外殼，用柔軟的身軀慢慢地爬行着。那堅硬的螺殼是牠的最強堡壘，遇到敵人時可以立刻縮進殼裏保護身體，天氣惡劣時還可以用來遮風擋雨呢！

2 我最害怕的動物 —— 壁虎

整體描寫：螞蟻是一種毫不起眼的動物。

局部描寫：牠身體只有綠豆般細小，頭上有一對觸角，胸部纖幼，腹部鼓起成球狀，還有三對又細又長的腳。

特寫：最特別的是螞蟻沒有牙齒，牠有一個類似牙齒的器官叫做顎，能像鉗子一樣夾住和切開食物來吃。

3 我的貓兒

波子也有調皮搗蛋的時候。有時牠把家裏的物件打破，被我發現後，便瞄我看一下，迅速轉身，蹬着四條小短腿，擺動着胖乎乎的身子，快速竄進房間，躲進被窩裏去。

4 我最愛吃的水果

牛排端上來了！把香蒜汁倒進燙熱的鐵板上，（聽覺）「炸……炸……」的聲音，（視覺）伴隨着縷縷白煙，從煎得微焦的牛排冒上來，（嗅覺）濃烈的蒜香味道撲鼻而來，令人垂涎三尺。（觸覺）把熱乎乎的肉塊切開一小塊，放到嘴巴裏慢慢地咀嚼，（味覺）汁香四溢，肉質嫩滑，真是人間美食！

5 手板薄餅的自述

一隻巨大的手，使出剛柔並重的掌法，把我鬆散的身形塑造得緊緻圓滑。健身完畢，我在一個透明罩子裏靜靜地睡了半小時，一覺醒來卻發現身體比原來的膨脹了一倍大！驚魂未定之際，那隻巨大的手拿着一根圓木柱壓下來，把我壓成紙那樣薄。

6 我的手錶

爸爸這番話讓我明白到時間和機會都會失去，一定要珍惜時間、抓緊機會，才能一步步達成目標。

7 我最珍重的一件物品

還記得在她沒有送我之前，我非常想擁有的，每次走過文具店都會目不轉睛地看着那些精美的書包。猜不到婆婆竟會送給我，那時，我興奮極了，手舞足蹈地在屋子裏蹦蹦跳跳！

8 我最喜愛的學校人物

鄧校長温文爾雅、知書達禮、教誨不倦，謙謙君子的形象深入人心。／我很欣賞鄧校長待人親切和藹，毫無架子，而且博學多才，諄諄不倦地教導學生。在我心目中，他就是一位謙謙君子。

9 我的一位老師

改寫：慈愛的劉老師突然走到我身邊，（行動描寫）搭着我的肩膊低聲說：「（語言描寫）頌恩，你是不是遇到困難了？」她那（肖像描寫）充滿關愛的眼神，親切的微笑，平復了我的焦慮，她霎時間的出現猶如救生圈，把我從死亡邊緣拉回來。

10 我最尊敬的老師

1. 一匹快馬向前奔馳
2. 化成了一尊雕塑
3. 我想到明天的考試，心裏煩躁極了
4. 妹妹被媽媽罵了幾句

11 我的好朋友

我跟小傑說：「我不懂得做數學功課，你借給我抄好嗎？」「不可以！」「我們不是好朋友嗎？為甚麼不肯幫我！」小傑生氣地說：「就因為我們是好朋友，我才不想你瞞騙老師，耽誤學業，最終害了自己！」小傑這番話讓我羞愧得臉紅耳赤，打消了抄功課的念頭。

12 我最欣賞的名人

1. 妹妹（外貌特徵）圓圓的臉上有兩個深深的酒窩，一對水靈靈的眼睛轉來轉去，像清水般透徹明亮，給人（性格特點）活潑天真的感覺。

2. 陳老師是個嚴肅的人，她皮膚略黑，總是板着圓圓的臉，不苟言笑，一雙小眼睛裏透出堅定不移的意志。

13 一個我熟悉的人

小明是一個誠實的人。記得有一次派發中文試卷，我以一分之差敗給小明，屈居全班第二。當我知道這個結果後，心裏不免有些失落。沒料到，小明竟然主動向老師說：「老師，你給我的分數算多了！」結果我反敗為勝，取得全班第一。雖然小明失落了全班第一的榮譽，可是他誠實正直的表現令我十分欣賞。

14 我的爸爸

(1) 我害怕得面如死灰，心驚膽顫，媽媽也慌張得心神不定

(2) 爸爸滿臉通紅，氣喘如牛，疲累得癱倒在地上

15 我的姐姐

1. 奶奶滿頭白髮，猶如潔白的霜雪；奶奶滿臉皺紋，猶如乾裂的大地；奶奶雙眼瞇着，猶如一條細線 。

2. 姐姐是美麗的仙子，擁有精緻的臉容；姐姐是勤勞的園丁，每天默默地耕耘；姐姐是知識的寶庫，懂得許多知識和道理。

16 校園剪影

我的學校是香城小學。它位於郊外，每天早上大門外看到的單車幾乎跟同學一樣多；學校注重音樂教育，不論走到何處都能聽到同學練習樂器的聲音；每年開放日都是大家最期待的日子，因為操場會擺放該年畢業生製作的裝置藝術品。

17 校園一角

「今日不走，明天要跑。」時光匆匆，今天不學，將來恐怕追悔莫及了。

18 我們的校園

學校大門口令我覺得很嚴肅，大閘是冰冷的，鐵枝密密麻麻幾乎不能看到學校，頂端帶着銳利的尖刺，任何人未經准許都不能穿過。牆身灰白而快將剝落，站在牆前負責量體溫的警衛先生戴着口罩和眼罩，一言不發，也不能用五官透露任何感情。

19 新西蘭小徑遊

看到美好景色快要消失，我會覺得感動，因為有幸見到最美而最後的一刻，哪怕未能目睹開始，至少能等到終結。

20 花蓮公園遊

有驚險刺激的碰碰車，要我飛快轉動方向盤躲過對手一次又一次攻擊；有帶來歡樂的旋轉木馬，每次騎到爸爸面前，他都會在圍欄外向我招招手；有讓人頭昏眼花的轉椅，好像每轉一圈都能幫我們轉個身份，再換個靈魂。

21 太平山

摩天大樓彷彿支支鹽柱／焦糖柱／竹筷挺拔而起。

22 遊年宵市場

弟弟喜歡邊吃糖蓮子邊逛美食區，擠迫中嚐一點甜；哥哥手握剛煎好的年糕，在各攤位間左穿右插；姐姐小心翼翼用竹籤串起粒粒蘿蔔糕，在糕上、嘴角和衣袖沾上不同的醬汁。

23 川流不熄

把無形的清風化作海浪，喚來淡淡的海水味。沒想到今天竟能於海底賞浪，煞是有趣！

24 我眼中的梨木樹邨

粗壯筆直，幾位居民伸出手臂也無法合抱。坐於樹底觀賞美景，淡淡的木香、泥土味和雨後青草味擁抱着我，像是綠傘的庇蔭。

25 颱風過後

唉……希望颱風不會破壞我們的城市、不要傷害我們的家人。

26 雨

暮春時至，為我一身春服披上雨衣。閉上雙眼，我能聽見雨水滋潤春麥的聲音。喝一口春茶，我能嗅到春風在雨中送來淡淡檸檬香，十分清新。

27 森林探祕

野貓和狐狸在草叢之間追逐嬉戲，不時發出沙沙聲響。我好像感覺到牠們的邀請，於是跟牠們跑，跑進了煙霞之中。我嘗試撥開迷霧，手指剛伸進去馬上濕透。跟上去後，看到牠們四周有顏色鮮艷的果實簇簇落地，與牠們的毛色和遍地的七彩蘑菇妝點土壤，周圍都沾滿酸酸甜甜的香氣，而旁邊的石碑以神祕的符號提醒「請勿食用」。我也提醒野貓和狐狸請勿食用，牠們似懂非懂，以眼神向對方投訴後，為我咬來了幾朵落花，又跑到一旁把花蕊舔開，演唱起高音而旋律錯落有致的狸貓曲，後來這首曲成為了我們一家的營歌。

28 春季的郊野

天空：如春雨的天空出現如冬雪的浮雲，淡煙之中幾乎不能看清全貌。雖然春日的藍天多是模模糊糊的，雲霧卻能遮擋如夏天炎熱的日光，也不似秋冬般叫人皮膚乾燥，抬頭看多久眼睛也不覺刺痛，反倒濕潤。

草地：我喜歡春雨後剪過草的香氣，有點像在春天吃九條蔥的味道。躺在草地上，春草微濕，輾轉反側時會聽到好像初生嬰兒的叫喊，讓後背也濕濕的、刺刺的，好像在春水中浮沉一樣。

29 春天隨想曲

從高處鳥瞰，馬上可見樓下五彩繽紛的花朵聚集，像彩畫。花朵背後，樹木茂盛，片片綠油油的樹葉映入眼簾。整個公園空無一人，十分寧靜；往日卻總是人山人海，熱熱鬧鬧。

30 我最喜愛的季節

春風散春霧，爸爸在春泥上擺野餐布，我們坐而賞櫻。爸媽說起他們的青春故事，故事如花瓣散落耳邊，滋養土壤，開下一個櫻花季。看時間也該吃午餐，媽媽拿出香噴噴的烤春菇及蒸春卷，我們吃得津津有味。

鳴 謝

由衷感謝以下團體和人士
鼎力支持與誠摯配合本書出版：

聖公會小學

羅乃萱女士

陳謳明大主教

陳國強座堂主任牧師

鄧志鵬校長

張勇邦校長

何錦添牧師

黃智華校長

主編將版稅全數捐予香港聖公會聖多馬堂

策　　劃：陳超英
責任編輯：余雲嬌　謝燿壕
裝幀設計：Sands Design Workshop
排　　版：龐雅美
插　　畫：鄧佩儀　黃梓茵
印　　務：劉漢舉

校長爺爺教寫作系列
寫出優秀描寫文

主編｜謝振強

出版 / 中華教育
香港北角英皇道 499 號北角工業大廈 1 樓 B 室
電話：（852）2137 2338
傳真：（852）2713 8202
電子郵件：info@chunghwabook.com.hk
網址：https://www.chunghwabook.com.hk

發行 / 香港聯合書刊物流有限公司
香港新界荃灣德士古道 220-248 號荃灣工業中心 16 樓
電話：（852）2150 2100
傳真：（852）2407 3062
電子郵件：info@suplogistics.com.hk

印刷 / 美雅印刷製本有限公司
香港觀塘榮業街 6 號海濱工業大廈 4 樓 A 室

版次 / 2022 年 3 月初版
　　　2024 年 11 月第 5 次印刷
©2022 2024 中華教育

規格 / 16 開（210 mm x 148 mm）
ISBN / 978-988-8760-75-6